徳間文庫

火焔樹

北方謙三

徳間書店

第一章

1

空気には、流れる道というやつがある。

それをよく考えて薪を組んでやると、焚火《たきび》は簡単に燃えあがるものだ。一時は強く燃え盛っても、炎の勢いはすぐに弱くなる。薪を動かし、別の空気の道を作ってやればいい。薪と薪をあまり密着させず、ちょっとだけ隙間《すきま》をあけてやると、空気はそこを通り、新しい炎を生むのだった。

どのあたりから炎が出てくるか。それがどういうかたちをしているか。私の予測は、ほぼ当たるようになった。そうなるまでに、三年の時間と、大量の薪が必要だった。

る。それは、薪が燃えつきて灰になるまで続いた。考えごとをしているわけではない。むしろ、なにも考えていない時間の方が多いだろう。私の燃やす薪は一日五本と決まっていて、それより増えることもなければ減ることもない。薪の太さによって、いくらかの時間の違いがあるだけだ。

炎を見つめている時、私の手は自然に動いて、薪と薪の間に新しい空気の道を作ってい

薪は、二メートルに切り揃えた丸太を運びこませる。それを自分で五本に切る。斧《おの》で二つから四つに断ち割る。太いものは、直径が五十センチもあるのだ。そうやって割った薪を、五本ずつ縛って壁の脇に積みあげてある。すでに、何百束の薪が積まれているだろうか。私がこれから生きなければならない日々を、積みあげているようなものだった。

薪に使う木は、カラマツと決めていた。理由はない。はじめに燃やしたのが、それだったのだ。斧の使い方は、うまくなった。タイミングと角度。それがすべてだ。五十センチの薪も、なんの抵抗もなく割れる。最初のころは力まかせで、その日の分の薪を割ると、掌が痺《しび》れて一日使いものにならなかったものだ。

雨の日は、部屋にしつらえた暖炉で燃やす。火をつければ燃えるようになっている暖炉では、やることはなにもなかった。冬の寒い日も、薪は五本しか燃やさない。あとは小さ

な石油ストーブで暖をとるだけだ。

群馬県の山間《やまあい》にある小さな村のはずれだった。前は画家が住んでいてアトリエにしていたという小屋を、安い値段で買ったのだ。別荘地というわけではない。ちょっと歩くと、平らな土地にはビニールハウスが並んでいる。村の人間とまったくと言っていいほど付き合わない私は、そこでなにが栽培されているかさえ知らなかった。

薪を燃やす以外の私の日課は、山道を五キロほど歩くことだった。それから小屋に入り、木を削る。深香木と呼ばれる楠の一種で、大して堅くはなかった。芸術品を彫っているわけではない。三十キロほど山奥に入った温泉地で、土産物として売られている木彫人形だった。鑿《のみ》など使わず、ナイフだけでそれを削っていく。ひとつ作るのに、三日かかった。一週間に二体。それで一日は休日という計算になる。

ほかのものとはタッチが違う私の人形は、そこそこの値で売れ、十数体まとまった時に運びあげていくと、大抵前のものはなくなっていた。もっとも、商売として成り立つようなものではない。機械を使えば一時間でできあがりそうなものに、三日かけているのだ。

秋になった。

明け方の冷えこみで、それが感じられる。

冬仕度が、特別あるわけではなかった。新しいセーターを着てみることくらいだろうか。新しいものは、なぜか躰《からだ》に馴染《なじ》まない。いや心に馴染まないのかもしれない。はじめは、一日一時間ほど着ている。それが三時間になり、五時間になり、一日じゅう着ていても気にならなくなってくる。

電話が鳴ったのは、袖《そで》にすぐ毛玉ができてしまう、厚手のセーターと悪戦苦闘している時だった。仙人になりきっているというわけではない。時には、電話がけたたましい音をたてることもあった。

六回目のコールで、私は受話器をとった。

「大津です」

声が若い。息子の方だった。

「久しぶりだな。また家出をしたくなったか」

広介は、二年ほど前、家出をしてここに転がりこんできた。親父に殴り倒され、殴り返すことができずに飛び出したのだ。

「実は、親父がそっちじゃないかと思いまして」

「いや。この三ヵ月ほど、やつとは電話でも話してない」

「そうですか」

「どうかしたのか？」

「いえ、なんでもないです。出かけてて帰ってきたら、いなかったもんで」

口調に、微妙にひっかかってくるものがあった。待ったが、次の言葉は出てこない。

「とにかく俺は、一年近く会ってもいない」

「そうですか」

またかけます、と言って広介は電話を切った。今度は、親父の家出というわけか。二年前の父子喧嘩は他愛ないもので、電話でどやされると、広介は慌てて帰っていった。家出なら、親父の方こそ私のところへ転がりこんできそうだった。広介は三日間この小屋に泊った。大津は、広介が私のところにいることを、多分予想していたのだろう。

セーターの毛玉をとっているうちに、私は電話のことを忘れた。

セーターを脱いで、革のジャンパーに着替えた。食事は、自分で作ることの方が多い。結構凝った料理を、時間をかけて作ることもある。下の街まで食事にいこうと思うのは、いつもひどく消極的な気分の時だ。気持が前にむいている時は、焚火も丁寧にやり、ナイフの使い方も細心になり、小屋の隅々まで舐《な》めるように掃除をする。

つまりは、世間から離れていようという意志が強くなるのだ。

小型のジープのエンジンをかけた。これから雪が多くなると、この車は重宝だった。幌はいつもかけてある。そうしていると、普通の乗用車よりずっと中は見にくいようだった。フルオープンで走るほど、私にはジープは似合いはしなかった。

下の街で、私が食事をするのは、一軒の食堂だけだった。刺身や焼魚などというメニューがあるのだ。それから、酒を飲みにいく店も、一軒ある。

陽が落ちるのが早くなった。六時にはまだ間があるが、すでに薄暗い。

街までは暗い道だった。両側にはビニールハウスと雑木林しかない。車で三十分といったところだろうか。酔っ払っていると、もっと速く走る。

お茶漬と烏賊《いか》の刺身で簡単に食事を済ませた。ついでのようにして『トンボ』に寄る。

客はまだ少なかった。

秋沢が、黙ってオン・ザ・ロックとチェイサーをカウンターに置く。三つあるボックス席のひとつに、若い男女の二人連れがいるだけだ。

グラスの中の大きなひとつの氷のかけら。ロックとロックスでは違うのだ、とはじめての時秋沢は言った。ようやく三十になったばかりのようだが、つまらないことにこだわり、どこか老人臭いバーテンだった。

二杯目のグラスをあけた時、佐和子が出勤してきた。

「三週間ぶりってとこね」

私の隣のスツールに腰を降ろし、煙草に火をつけてから言った。

禁煙して、三年半になる。眼の前に箱が置かれていても、決して手はのばさない。禁煙したことに、理由はなかった。やることが、禁煙ぐらいしかなくなってしまったのだ。

「ほかの女の子は、ママより出勤が遅いというわけか」

「千恵は休みよ。もう四日目になるわ。敏子ちゃんは、もうすぐ来ると思うけど」

「店をやめるね、千恵ちゃんは」

「そんなこと、ないわよ」

佐和子は私の耳に口をつけ、子供を堕ろしたのよ、と言った。ありそうなことだった。

三杯目のオン・ザ・ロック。秋沢は一杯ごとに氷を取りかえる。多分意味があるのだろうが、訊《き》けば長たらしい説明をしそうだった。

この店のいいところは、カラオケなどがないことだった。BGMも、ボリュームを絞りこんである。大抵の場合、かかっているのは静かな曲だ。

男が入ってきて、ボックスに腰を降ろさず、カウンターの方にやってきた。私と肩を並べ、オン・ザ・ロックを註文した。

「外の車、おたくのですか。あのジープ」

「邪魔かね？」

「いや、いいですよ。俺は別のところへ車を駐《と》めたから」

この街の人間ではない。なんとなく、それはわかる。不躾《ぶしつけ》な感じの男だ。

「雪は、まだ降らないだろう？」

私に言ったのか秋沢に言ったのか、よくわからなかった。私は黙って横をむいていた。

「十一月の終りからだわね、早くて」

秋沢も無言だったので、佐和子が気を使って言った。男はちょっと頷《うなず》いただけだった。四十になるかならないかというところだろう。ふらりと入ってくる客は、めずらしい。この店だけでなく、街に十軒ほどある酒場ならどこでもそうだ。

敏子が出てきて、男の隣に腰を降ろした。ボックス席の二人には干渉しない方がいい、と佐和子は判断しているのだろう。

オン・ザ・ロック五杯で、私は腰をあげた。

「時間ないの、今夜は？」

送って出てきた佐和子が言う。むき出しの媚《こび》を、私は無視していた。

「この間逢ったの、三週間前よ」

三週間前は、ジープの助手席に佐和子を乗せて、深夜のドライブをした。三十分ほど走ると大きな街があり、そのはずれにモーテルが七、八軒並んでいるのだ。

人の眼を、いつもひどく気にする。この街のホテルなど、前を通るのもいやがるだろう。これが田舎というやつだ。私は、人の眼をいつも無視してきた。三年もそうしていると、それはそれで通用してしまうのだ。

「来週になったら、時間ができるかもしれない」

「わかったわ」

しつこいことは言わない。四十を越えた、大人の女なのだ。ほかにも付き合っている男はいるかもしれないし、それに干渉しようという気が、私にもない。私も、五十を前にした大人だ。

ジープを飛ばした。ヘッドライトはハイビームにし、対向車線まで使ってコーナーを曲がっていく。ヒール・アンド・トウ。車高が高いのでスポーツカーのようにとはいかないが、誰かが見ていたらちょっとびっくりするようなスピードであることは確かだ。中ぶかしの音が、闇の中でけものの咆哮《ほうこう》のように聞える。帰りは登りが多いので、頻繁なシフトダウンは必要なかった。下りは三十分近くかかるのに、上りは十五分だった。躰に、多少の酒が入ると、私はそういう運転をする。

石油ストーブに火をつけた。

明りを消し、ウイスキーのボトルを抱いて、闇の中にうずくまった。ストレートで、少しずつ胃に流しこむ。チェイサーもなにもなしだ。そんな飲み方をするようになったのも、この三年の間だった。大した量ではない。ただ、眠るまでずっと、同じペースで飲み続ける。週に三本の割りで、ウイスキーのボトルは空になっていく。

食事もし、酒も飲む私の生活は、もしかすると健康なのかもしれない。いつでも酒がやめられるならばだ。三年の間、食事を抜いたことは数えきれないが、酒を飲まなかった日はほとんどない。

石油ストーブの青白い炎。光といえば、それだけだった。次第に、頭がぼんやりとしてくる。そうなってから一時間か二時間、私は思い出したように酒を飲むはずだった。

2

ナイフを研いだ。

持っているのは四本だが、刃が鈍くなったものだけを研ぐ。そうやって、順番に使っていくのだ。バックが二本とガーバーが一本。それにカスタムナイフが一本だった。

焚火は終っていた。薪は、三十本ほど割った。それでも、二メートルに切り揃えたカラマツの幹は、まだ山ほど残っている。さらに二トン車の荷台に一杯、運びこまれてくることにもなっていた。

人形にとりかかった。仏像のようなものを彫ってみないか、と土産物屋の主人に言われたことがあるが、関心はなかった。仏や神を信じている人間が、やればいいことだ。

私が彫るのは、うなだれて立った男の姿であったり、両手を挙げている子供であったり、抱き合った男女であったりというところだ。人形というのも、自分でそう言っているだけの話で、土産物屋では民芸木彫ともっともらしい名がつけられていた。

薄く、木を削《そ》ぎ落としていく。はじめは直径が十センチほどの丸太だが、いつの間にか人のかたちになっている。自分であまり意図していなくても、自然にそうなっているのだ。人の姿がぼんやり見えてきたころ、なにを彫るか決める。大人か子供か。男か女か。

腰を降ろしている椅子も作業台も、自分で作ったものだ。四十五を過ぎてから、自分が器用であることに、ようやく私は気づいた。子供のころからそれに気づいていれば、違う人生になったかもしれない。

ドアがノックされた。

チャイムなどはない。来客は、ノックするか声をかけるかだ。こんな村にも、磁気マットや車のセールスマンはやってくる。保険の勧誘員もいる。

ドアの外に立っていたのは、きのう『トンボ』で会った男だった。

「すごい運転をするんですね」

「どういう意味かね？」

「俺のRX7でも追いつけなかった。もっとも、道を知らないんで、慎重に走るしかなかったんだけど」

やはり不躾な男だ。片足は、玄関の三和土《たたき》に踏みこんできている。

「きのう、私を尾行したのか？」

「話が終ってなかったんでね。追いかけただけですよ」

「ということは、『トンボ』に入ってきたのも私に用があったからか？」

「いけませんか」

「入るのは勝手さ」

「そうですよね」

「うちには、灰皿がないんだ」

煙草をくわえた男が、火をつける前に私は言った。ちょっと肩を竦《すく》め、男は煙草をパッケージに戻した。

「運転していいんですか、アル中なのに？」

「アル中じゃない」

「家の裏の空瓶の山、見ましたよ」

「捨ててないだけさ。ああいうゴミを集める日がいつだか、誰も教えてくれなくてね」

「しかし、半端な量じゃない」

私はただ笑い返した。少々の挑発に乗ってしまうほど若くもなかった。男は、ちょっと首を横に振った。私から眼をそらそうとはしない。小柄で、じっと見つめてくる眼は、愛玩犬を思わせるようなところがある。

「いまも、飲んでますね」

「ビールさ」

「ビールだって酒ですよ」

「麦のジュースだと、私は思ってる」

男が笑った。笑うと、いっそう愛玩犬に似ていた。上着のポケットに手を突っこみ、男はまた煙草をくわえた。

「火はつけませんから。こうしてなきゃ、落ち着かないんでね」

「ニコチン中毒だね」

「アル中よりは、ましだと思うけどな」

「御用は？」

「人を捜してるんですよ。大津広一。知ってますよね？」

「友だちだ」

きのうの、広介からの電話を、私は思い出した。

「ここには、来なかったですか？」

「さあね」

「俺は、大津広一から借金を取り立てなくちゃなんないんですよ。人を捜してる理由としちゃありふれてますがね」

男の眼が、探るように家の中にむけられた。玄関から、部屋の中は見通せる。なにしろ三十畳ほどの部屋がひとつだけなのだ。台所も丸見えで、男の視界に入らないものといえば、トイレとバスルームくらいのものだった。

「アトリエだったとこでね」

「彫刻家ってわけじゃないですよね？」

「私の職業を、どんなふうに調べたんだね？」

「無職。ドロップアウトしたサラリーマン」

「当たっている、と言うべきだろうな」

「挙句に、アル中になっちまった。いや、アル中になったのは、ドロップアウトする前だったのかな」

「勝手に想像してくれ」

「いないんですね？」

「どうも、意地の悪い人みたいだな。俺が取り立てようと思ってる金は、十五万。どうしても、それだけは取り立てなくちゃならない。あまり意地悪しないでくださいよ」

「さあね」

「おかしな男だ」

「どこが？」

「まず、大津から取り立てようって金が、たった十五万だってこと。大津を捜すために私に眼をつけたこと」

「言われりゃ、そうだな」

「大津の親しい友人ってのは、もっとほかにいるはずだ。私よりもずっと金持ちでね」

男の目的は、金ではなく別のものなのではないか、と私は言ってから思った。借金があるとしたら、やらなければならないのは金策だろう。とすれば、私のところへ現われると考える方がどうかしていた。

「帰ってくれないか」

「言われなくとも、そうしますよ。その前に、ひとつだけ教えてくれませんか。大津から連絡は？」

「ないね」

「おかしいな。絶対におかしいよな」

「信用できないというなら、家捜しでもしてみるかね？」

「信用はしてますよ。だけど絶対におかしい。大津は、あんたに連絡するはずなんだ」

息子の方からは連絡があった、と思わず口から出そうになった。

私は、ポケットから研ぎたてのナイフを出した。バックの、小型のホールディングナイフだ。刃を開いても、男は別段驚いたふうでもなかった。

「名前は？」

「川田」

「ありふれてるね」

「悪いですか？」

「別に。名前ってのは、自分で決めたもんじゃない。生まれた時から、くっついてくるもんさ。悪いという前に、自分の名前について考えてしまうよ」

「そうですよね、森田さん」

言って笑い、川田はくわえていた煙草に火をつけた。灰皿がない、ともう一度私は言おうとは思わなかった。

「じゃ」

灰が落ちる前に、川田が言った。愛玩犬のような眼で束《つか》の間《ま》私を見つめ、ドアを閉めた。

大津が、なぜ私のところへ来るはずなのか。川田が言ったことを、私は考え続けていた。金のためでは、無論ない。なにかが起きたということだ。それも、大津ひとりでは解決のつかない、なにか。

すべては、川田の話を信用すれば、という前提の上のことだ。

手帳を繰り、私は大津の家の電話番号を捜した。手帳といっても本体はどこかに紛れてしまっている。別冊になったアドレス帳だ。四年前の手帳に付いていたものだが、大して傷んではいない。

十回コールしても、誰も出なかった。

夕方まで、私は人形を彫り続けた。固形スープを鍋に入れて火にかけ、もう一度電話をした。

「広介か」

「親父、そっちですか?」

名乗る前に、私の声はわかったようだ。

「いや、私も気になって電話をしてみた」

息を吐くような気配があった。しばらく、お互いに無言だった。

「なにがあった？」

「わかりません」

「親父を捜しに、ここへひとり来た」

「そうですか。うちにも来てて、なかなか帰りませんでした」

「金の取り立てか？」

「えっ？」

「用事はなんだと言ってた？」

「会わせろと。それだけしか言いません」

金が絡んだことなのかどうか、見当はつけにくかった。川田にしろ、十五万を取り立てたいだけではない。広介に連絡もしないまま姿を消したというのが、微妙に私の不安に引っかかっていた。

「おまえが、親父が私のところかもしれないと思った理由は？」

「おじさんの話をしたんですよ。いなくなる前の日です」

「いなくなったのは、一体いつなんだ？」

「十月十九日。朝、いつものように出かけたと思います」

今日は二十二日だった。もう四日目ということになる。

「親父に会わせろという連中は、毎日来ているのか？」

「ぼくが学校から帰った時は、ドアのところで待ってます。最初は部屋に入れたけど、次から入れてません」

「待つしかないのかな」

「はあ」

「私のことって、どんな話をしたんだ？」

「山でしばらく暮したらどうだって。冬休みの話ですけど。スキーなんかもできるだろうからって。高校に入った年だし、受験勉強には早いと思ってるんでしょう」

「わかった。なにかあったら、必ず私に連絡するんだ」

電話を切った。

スープが煮立っていた。手早く玉ネギを二個刻み、バターで炒めた。それを煮立ったスープの中に放りこむ。

私はカレーを作ろうとしていた。ルーから凝るのである。カレー粉も、いろんな種類のものが揃えてある。うまいカレーを食いたいために手間をかけるのだが、時には違うこともある。凝った料理を作りながら、なにか考えているのだ。

いまさら足を踏みはずすとは、ちょっと考えられない。つまり、人に追われたり押しかけられたりするようなことは、やらないだろうということだ。私も大津も、二年以内に五十歳になってしまう。

玉ネギが溶けるまでには、時間がかかりそうだった。流し台の下の戸棚で、ワインを一本見つけて、栓を抜いた。グラスを汚すのは面倒だった。直接、瓶の口から飲んだ。どこにでも売っている安物で、料理に使うつもりで買っておいたのだ。

玉ネギが溶けきったころ、私はワインをあけてしまっていた。

明日だな、これは。呟《つぶや》いた。ひと晩おけば、ルーの味も落ち着いてくる。勝手な理由をつけた。ウイスキーのボトルに手をのばす。グラスに、指一本分。はじめた。眠るまで、終りはない。さらにもう一杯。

頭が混濁してきている。安ワインが効いたようだ。ボトルを抱いたまま、ベッドに潜りこんだ。なにも起こりはしないのだ。山の中で、世を捨てたようにただ木を削っている私に、なにが起こるというのだ。

大津が笑っていた。私の生活を見てだ。まっとうに生きろよ。これでも、まっとうに生きてはいるつもりだった。なにかが合わなかった。どこかで、道を踏みはずした。大津はそう思っているだろう。

夢。眼を開いたままの夢。アルコールの中を浮游《ふゆう》する時は、夢はいつもそんなふうだ。そして朝、眼醒《めざ》める。夢の記憶は、なにも残っていない。けだるい疲れと、口の中のねばつきと、ぼんやりした視界と、自嘲《じちょう》の苦さがあるだけだ。寝起きに流しこむビールが、それを洗い流す。いや、躰の奥へ追いやるだけなのか。

眠りは、すぐにはやってこなかった。ウイスキーのボトルを抱いたまま、私はさまざまな夢を見続けた。

3

電話が鳴っていた。

山道を歩いて戻ってきた時だ。取ろうとしたが、切れた。大津がかけてきた。なぜかそう思った。

私は、かすかに汗ばんだ肌を乾いたタオルで拭《ぬぐ》い、焚火の仕度をはじめた。木彫の深香木を削ってできた木屑。ひと摑《つか》みで充分だった。ポリバケツの中に、半分ほどになっている。マッチ一本で、簡単に火がつくのだ。

なぜ、炎を見つめるのが好きになったのか。理由はなかった。女を好きになるのに、理由はない。それと同じだ。

生活の中の些細《ささい》なことの大部分を、私は理由はない、ということで片付け、深く考えないようにしていた。生きている。理由はない。ただ生まれたからだ。ほとんどを、そんなふうにして片付けていた。

小さな炎。五本の薪。どこに、どういうかたちでどういう色の炎が、新しく出てくるか。炎にも、色やかたちはある。生き物のように変化するが、一瞬一瞬には、その瞬間の色とかたちがあるのだ。

燃えにくい薪が一本ある。樹液がかなり多く残っているのだ。その薪が燃える時は、たえずじゅうじゅうと音がしている。時には悲鳴のように思えるほどだ。

焚火をする間、私は三本脚の折り畳みの椅子に腰を降ろしている。画家が、屋外でスケッチをする時に使うものに違いない。私が小屋を買った時、それだけが残されていた。折り畳むと、一本の棒のようになってしまうのだ。前に住んでいた人間の置土産というのも、悪くはなかった。

また電話が鳴った。

四度のコールで、私は受話器を取ることができた。いつもなら、少なくとも六度聞くまで、受話器に手がのばせない。

「大津か？」

「ほう、やっぱり大津はあんたに連絡してきましたか」

川田の声だった。私は息を吐き、深く吸い、かすかに乱れかけた呼吸を整えた。

「いい加減にしろよ、坊や」

「参ったな、ガキ扱いですか」

「大津から連絡があっても、君に教える気はない。アルコールが見させてくれる夢かもしれないんでね」

「酔ってようと素面《しらふ》だろうと、夢は夢ですよ」

声のむこう側から、ジャズが聞えていた。ビリー・ホリディの特徴のある声だ。思わず、それに引きこまれそうになった。考えてみれば、川田も古いジャズを聴いてもおかしくない歳だった。

「いま、車の中でしてね」

「こんな山の中に、自動車電話がよく繋《つな》がったもんだ」

「中継所が近いらしいな、この感度なら。BGMも入ってるでしょう。俺は車の中の音楽にこだわってましてね。ナカミチのアンプを付けてるんですよ」

「それで？」

「音楽のことですか？　違うよな。一度、話をしたいと思いましてね。これから訪問しても構いませんか？」

「困るな」

「でも、もうそっちにむかってるとこです」

「じゃ、わざわざ訊くなよ」

「大人の礼節ってやつがあります」

私は電話を切った。

焚火の炎は、ほとんど消えかかっていた。空気の通る道。それを少し変えてやる。熾《おき》が爆《は》ぜはじめ、やがて炎が爬虫類《はちゅうるい》の舌のように薪の間から姿を覗《のぞ》かせた。

川田がやってきた時、まだ最後の二本の薪には炎があった。

「どうも、なんの手がかりもありませんでね」

「黙ってろ」

最後の二本。一本は燃え尽きかかっている。私の焚火は、炎が尽きればいいというものではなかった。それでやめると、やがて熾が消えて炭が残る。熾が燃え尽きると、すべては灰になってなにも残らないのだ。

「なにを燃やしてるんですか？」

「過去さ」

「キザだ。勘弁してくださいよ。映画みたいな科白《せりふ》を喜んでるような心境じゃないんですから」

「薪を燃やしてる」

「そりゃ、見ればわかります」

「じゃ、訊くなよ」

一本が燠になった。もう一本は、まだ小さな炎を出している。うっかりすると、炭になって消えてしまう。たえず表面の灰を落とし、空気に触れさせるようにして、燃やし尽すのである。

川田は、私の手もとに眼をやっているようだった。川田に構っている暇はなかった。炭が残る。その日が、黒くもろい塊になって残るようなものだった。

十分ほどで、燠は完全に白い灰になった。

「変った人だ、まったく」

「君はどうなんだ？」

「俺も、人後に落ちないつもりでしたがね。外壁のところに積んである薪、まさか焚火のためじゃないんでしょうね。あれは、暖炉で燃やすんですよね」

「時にはな」

私は、三本脚の椅子を折り畳んだ。

部屋に入ると、川田はすぐには腰を降ろさず、めずらしそうに壁際の造りつけのベッドや採光のための高窓を眺めていた。

この小屋の特徴は、天井がないことだった。夏はひどく暑いし、冬は寒い。大きなキャンバスを搬入するために、天井は取り払ってしまったようだった。いや、はじめからそんなものはなかったのかもしれない。屋根は片側の傾斜だけで、中途半端な外観に見える。

「いいな、なかなか。こんなとこで暮してりゃ、焚火をしてキザな科白を吐いてみたくなるのもわかりますよ」

川田が煙草をくわえ、ジッポで火をつけた。灰皿がないんだぞ、と言おうとした時、川田はポケットからウイスキーのポケット瓶を出した。空だった。どうやら、それを灰皿の代用にするつもりらしい。

「俺はアル中じゃありませんよ。旅行中は、寝る前に一杯ひっかけるために、いつも一本持ってるんです」

「君と、一度話をしておきたかった」

「煙草やらないの、やっぱり健康のことを考えてですか?」

健康ということについて、本気で考えたことはなかった。病気をして、躰が動かなくなる。その時は、食物も水も断てばいいのだ。一週間で決着がつくだろう。体力が弱っていれば、もっと早いかもしれない。

「俺は、煙草ってやつが心の薬になるように思えましてね。煙草嫌いのアメリカ人なんか、確実に心が病気なんだ。精神分析医が異常なほど繁盛してるってのが、いい証拠ですよ」

「大津と、ほんとはどういう関係なんだ、川田君？」

「債権者と債務者」

「それだけじゃないだろう」

「男の意地ってやつが絡んでましてね。だから高が十五万にこだわってんです。どういういきさつで意地を張ってるのか、あんたに言う気はありません。言って、わかって貰えることでもない」

「会えたとして、大津が払わないと言ったら？」

「払いますよ、絶対に」

「どういう類《たぐい》の借金なんだ？」

「未払い。つまり、俺が大津に金を貸して、返済期限が来たからってことじゃありません。しかし、借金と呼んでもいいものでしょう、これは」

「債権者と債務者である以前の、二人の関係は？」

「警察の訊問だな、まるで」

「私も、知っていることは喋《しゃべ》ることにするよ」

「はっきりと説明できない人間関係というやつも、あって悪くない」

肚《はら》の探り合いをしている、という感じはなかった。川田は火のついたままの煙草をポケット瓶の中に落としこみ、栓をした。逃げ場を失った煙が、層を作って瓶の中に広がっていく。その層が二つに割れ、薄くなり、拡散していった。瓶全体が、なんとなく曇ってしまったような感じだ。

「いくつだね、川田君？」

「三十八。あんたよりきっちり十歳若いんです。大津と同じ歳でしょう、森田さんは」

「若いとはいえない歳だな」

「じゃ、四十八は老人に近い」

川田に、いやな感じはなかった。借金の取り立て屋のような人種には見えない。だから、私も部屋に入れて話をする気になったのだ。

「大津とは、二十年も前からの付き合いになるそうですね」

「二十六年だ。はじめて会ったのは、二十二の時だった」

「広介って息子のことですがね」

「息子さ」

「俺が調べたところじゃ」

「息子だよ。それ以外のなんだと言うんだ」

「じゃ、いいです」

「人の心を弄《もてあそ》ぶな。そういう人間じゃないと思ってるから、部屋に入れたんだ」

川田が、また煙草をくわえた。ポケット瓶の中の煙は、もう薄くなり、煙が入っていたのかどうかもわからなくなっていた。

「私が十五万払うと言ったら？」

「意地が絡んでる、と言ったでしょう」

「君と大津の間だけの意地にしておけよ」

「広介って息子を巻きこむなってことですね。まだ十六でしょう」

「私も、巻きこむなよ」

「あんたは四十八だ。しかも得体《えたい》が知れない。巻きこまれるのは仕方がないと、自分でも思ってるんじゃありませんか？」

「木彫の人形を作っている職人が、得体が知れないのかね」

「三年半前に、大商社をやめてる。それまで関っていたのは、三国間取引というやつだったそうじゃないですか」

「商社には、そんな仕事をしている人間は、いくらでもいるよ」

「戦争が、好きだったみたいですね」

「好き嫌いの問題じゃない。地球上に戦争がある。悲しい事実なのさ」

「さっきの焚火みたいなもんですよ。燃やす人間がいる。燃やし尽して、すべてが灰になるとあっさりやめちまう。ところが、燃やされた側ってのがありましてね」

「あのころ、感情的な反戦論を聞こうとは思わなかったね。個人の殴り合いから、国の中の戦争、国と国との戦争、すべて同じものだ。人間が生きているかぎり、なくならない。だから、反戦論なんて、食えもしない観念なんだよ」

「いまは、どう思ってるんです？」

「どこかで、戦争をやってるのかね。なんの関心もないな」

川田が、また火のついた煙草を瓶の中に落としこんだ。煙の層。拡散。人の抱く情熱に似ている。信用すると、いつの間にか消えてしまっているのだ。いやというほど同じことをくり返し、月日がたてば、ヤニのようなものが瓶の内側に付着しているのがわかるだろう。人間の場合は、心の内側にヤニが付着するというわけだ。

「反戦。俺の青春のテーマみたいなものでしたよ」

「ほう、反戦運動家だった？」

「それも、同質の主張を持っている人間同士で、殺し合いをするほどのね」

「つまりは、反戦をテーマにして、戦争をやったわけだ」

「人生は、皮肉の回り舞台」

「誰が言ったんだ」

「俺ですよ」

言って、かすかに笑みを浮かべ、川田は三本目の煙草に火をつけた。

「ひとつだけ、決めておきたいんですがね。そのために邪魔したようなもんです。いざって時、俺と連合しませんか？」

「いざというのは、どういう時だね？」

「そう感じた時、としか言えないな」

「悪いが、断ろう」

「信用できませんか、俺が？」

「関係ないね」

川田のポケット瓶に、私は眼を落とした。煙は拡散し、薄くなっている。

「どんな場合でも、誰とも手は組まない」

「大津のためでも？」

「俺の友情と、君の意地では、ありようが違うはずだろう」

「そうですね」

まだ長い煙草を、川田はポケット瓶に落としこんだ。

「話ができて、よかったですよ」

「言葉がどれほどむなしいか、お互いにわかっていたのにな」

「三十八から四十八」

「なんだね？」

「その十年ってのは、人生でもいろいろあるだろうと思いましてね」

川田が腰をあげた。

私は見送らず、石油ストーブにかけたヤカンの湯で、コーヒーを淹《い》れた。薄い、カップの底が見えるようなコーヒーで、四分の一はブランデーを入れる。

時間をかけて、ブランデー入りのコーヒーを飲んだ。

電話。

大津だった。どこにいるかも、なにをしたのかも、訊かなかった。

「俺にできることは？」

「話ができて、よかった」

泣いているのか。思わずそう訊きそうになった。女々しい男だ。昔から、女々しかった。ちょっとした話でも、涙ぐんだりしたものだ。そのたびに、私は男の涙を嗤《わら》った。

「俺の抱えているトラブルは、もうすぐ片が付くはずだ。多分な」

語尾が弱々しくなった。やはり泣いている。私は、左手から右手に、受話器を持ち直した。

「頼むよ」

なにを、とも言わなかった。そのまま電話は切れた。

受話器を置き、私はしばらくじっとしていた。それからウイスキーのボトルに手をのばし、コーヒーカップに注ぎこんだ。

4

ノックで眼が醒めた。

肌寒い日で、雨が降っているようだ。ガウンをひっかけて私はベッドを這《は》い出し、ドアを開けた。頭から濡《ぬ》れた広介が立っていた。

八時を回ったところだ。夜明け近くまで私は飲み続けていて、まだ四時間たらずしか眠っていない。めずらしいことだった。いつもなら十二時前に大抵は眠りに落ちてしまうのだ。

「何時だと思ってる」

言ってから、広介がどうやってきたのか考えた。始発列車に乗ったところで、ここへ着くのは十時をすぎるはずだ。

広介を部屋に入れ、石油ストーブの炎を大きくした。

「いつ、こっちへ来た？」

「きのうの夜遅く。バスが出るまで、駅の階段の下にいました」

下の街には、鉄道は来ていない。鉄道の来ている街からだと、車でも一時間弱かかる。バスでは、一時間半というところだ。

「タクシーで来りゃよかったんだ」

「おじさん、金を持ってるかどうかわからなかったから」

タクシー代もなかったということなのか。家のものを、まったく持ち出せなかった、ということは考えられる。広介がぶらさげているのは、通学鞄《かばん》だった。

秋にはめずらしく、ひどい雨だった。台風の季節はもう終っている。村の中のバス停からここまで、歩くと五分近くかかる。電話ってものがあるだろう。言いかけて、私はやめた。広介は、ぼんやりとストーブの炎を見つめているだけで、私の言葉など耳に入りそうではなかった。

二年ぶりだ。びっくりするほど、大きくなっていた。声も、低い男のものになっている。唇の上には、薄い髭《ひげ》もあった。

私は、冷蔵庫のビールを、一本口に流しこんだ。グラスに注ぐなどということを、朝っぱらからやらない。ラッパ飲みである。口に泡が溢《あふ》れてくるが、うまく飲む要領はあった。瓶をくるくる回しながら飲むと、抵抗なく口に流れこんでくるのだ。

「冷蔵庫に、卵とベーコンとチーズがある。パンは棚の上だ。カレーもあるが、温めるのに時間がかかるな」

二年前家出してきた時も、食事など作ってはやらなかった。父子の二人暮しが長かったせいか、簡単な料理なら手早く作る。

「親父が、おじさんのところへ行け、と言いました」

「いつだ？」

「いなくなる前です。二十三日になったら、おじさんのところへ行けって」

五日経ったら、ということだったのか。今日は二十四日だが、二十三日の夜には、広介は近くまでやってきていたことになる。

「いないんですね、親父はやっぱり」

「ここへ来れば、いるかもしれないと思っていたのか？」

「もしかするとって気はありました」

ようやく頭がはっきりしてきた。

広介は、濡れたままふるえている。着替えまで用意しているようには見えなかった。

「熱いシャワーを浴びてこい。俺のシャツとセーターを貸してやる。下着もだな」

「ブリーフは持ってます」

勝手はわかっているのか、広介はバスルームに入っていった。

しばらく、シャワーを使う音が聞えていた。私は、服を着たまま眠っていたようだった。それにも、ようやく気づいた。昨夜は、なかなか酔いがやってこなかった。ようやく酔いはじめたと思った時、服を替えることもできなくなっていたのだろう。

自分を、アル中だと思ったことはなかった。飲まずにいられない人間は、いくらでもいる。本格的に飲むのは夕食後で、食事はきちんとしている方だ。毎日五キロの山道を歩くのは、私の年齢にしてはかなりの運動だろう。

広介が、私のシャツとズボンを着こんで出てきた。いくらか躰がはみ出しているような感じがある。

「図体だけ大人か」

「親父と同じことを言うんだ、おじさん」

広介の躰のふるえは止まったようだ。ストーブにしばらく手を翳《かざ》し、それからセーターを着こんだ。大き目のセーターなので、広介にはちょうどよかった。

雨はまだ続いている。すぐにはやみそうもなかった。暖炉で、焚火をしなければならないだろう。もともと私が焚火をはじめたのは、この暖炉があったからだ。木切れを燃やそうとしてみた。いくらやってもうまくいかず、すぐに火は消えてしまったのだ。半分意地になり、庭で薪の組み方を研究した。

焚火が一応できるようになってから、もう一度暖炉を試みると、簡単にできた。暖炉は、薪を燃やすためのものだった。空気の流れも、大きく方向が変ることはない。焚火の方がずっと複雑だったのだ。

広介は、自分でベーコンエッグを作りはじめた。訊かれたが、私はいらないと言った。ビール一本では、躰の中からけだるさが消えていかない。

「もう一本、ビールを持ってきてくれ」

「やっぱり、お酒ばかりだね、おじさん」

「麦のジュースさ。おまえは、親父と飲んだりはしないのか？」

「頭が痛くなる。親父は笑うけどね。飲まない方がましだ、と思っちまうよ」

トーストとベーコンエッグが出来あがっていた。誰でもできるものだと言っても、手際はとてもいい。

二本目は、やはりラッパ飲みという気分にはならなかった。広介とむき合って腰を降ろし、グラスに注いだ。

広介は、あっという間にトーストとベーコンエッグを平らげた。飲物は見つからなかったらしく、水を飲んでいる。牛乳もジュースも、ほとんど買わなかった。ビールを冷やすスペースをとってしまうからだ。

「十六か、広介」

「昔だったらとうに元服して、戦に出ている歳だって、親父に言われましたよ」

「感覚そのものが、古い男だからな」

「それより、じいさんに自分が言われてたことじゃないか、と思えますね」

「おまえのじいさんを、俺は知らん。松山にも行ったことはないしな」

「ぼくも、話しか聞いてません」

暗いところはない。闊達《かったつ》に育った。そういう気がするのは、滅多に会わないからだろうか。よく会っていたのは、広介が十歳のころくらいまでだ。海外から戻ってきた私は、よく大津の家に転がりこんだ。

「俺、どうすりゃいいんですか？」

「ここにいるさ」

「学校があるんですよ、ぼく」

俺とぼくが入り混じる。二年前はぼくだけだった。

「高校は、いかなきゃならない、と決まってるわけじゃない」

「休みたくないんですよ」

「非常事態だろう。親父が六日も家出しちまってる」

「だけど」

「担任の教師には、おまえから電話しろ。親父がいなくなったんで捜す。それでいい」

広介が、テーブルの上のものを片づけはじめた。私も、残ったビールをグラスに注ぎ、ひと息であけた。

雨は、小降りになる気配すらなかった。夏のはじめの豪雨のようだ。

私は、ビニール製のジャンパーとズボンを出し、レインハットを捜した。見つからない。この間の雨の時、ちゃんと収《しま》うのを忘れたらしい。

「出かけてくる。一時間で戻るからな」

私は傘をさしていくことにした。ビニールの上下など、蒸れて気持のいいものではないのだ。

村の真中の道を通り、農道へ入る。かなり傾斜のきつい道だ。両側はビニールハウスと雑木林で、田はほとんど見かけない。もう少し下ったところには、田が拡がっているが、すでに稲刈りも終っている。

五キロ。正確に測ったわけではないが、普通よりちょっと速く歩いて、一時間ぴったりである。コースは、四つ作ってあった。それによって、二、三分の誤差はある。

歩くことで、なにかをしようと思っているわけではなかった。健康にいいというのも、ただ結果の話だ。夏は、汗にまみれてしまう。冬でも、着こんでいるのでかすかに汗ばんでくる。酒でブヨブヨになった躰を、多少ひきしめはするだろう。しかし、心までひきしめはしない。

村人とはよく擦れ違う。私はいつも、軽い会釈《えしゃく》をするだけである。ほとんど、話をしたことはなかった。喋れば、それで親しくなっていく場合もある。よそ者に対する関心は旺盛だから、彼らはほんとうは私と喋って、その日の世間話の材料にしたいのだ。

村の世話役という男が、やってきたこともあった。税金を払うだけで勘弁してくれ、と私は言った。祭りの時にかぎって、絶対匿名を条件に、多少の金を出す。匿名と言っても、村の人間は知らないはずはなかった。ただ匿名を望んでいるということで、世間と関りたがっていないと間接的に知らせる効果はあったようだ。

広介が家にいることは、今日じゅうには村の人間はみんな知るはずだ。恰好の話題に違いない。二年前、三日だけいた少年の顔を、まだ憶えている人間もいるだろう。

私は酒に溺《おぼ》れて妻に見捨てられた憐れな男で、一念発起して山に籠《こも》る生活をはじめた。しかし酒は断てず、めざした彫刻家にもなれず、土産物屋の木彫を細々と作っている。だから無口になり、名前を出すのさえいやがる。大きくなった息子が、時々母親の眼を盗んで訪ねてくる。まだ大人になっていない息子に、心配されるような人間なのだ。

村人の作った私の人生は、ほとんど想像できた。そしてそういう人生があれば、彼らは少しだけ安心するのである。

雨や雪の日でも黙々と歩いている私の姿は、苦悩している芸術家と見えないこともないだろう。

ぴったり一時間で、私は戻ってきた。

部屋の中は、きれいに掃除されている。子供のころから、親父と分担して家事をやっていただけに、さすがに要領がいい。

「電話が一度鳴ったよ。川田という人だった。ぼくのこと、知ってたみたいだ」

「あいつか」

「出ちゃいけなかった？　もしかすると親父かもしれないと思って」

「いくら出ても構わんさ。それよりおまえ、担任の教師に電話したのか？」

「欠席届をちゃんと出せってさ。保護者が書いたやつ」

「学校ってのは、そんなもんさ。保護者がいなくなったんで捜してる、と言ってやったか？」

「信用してないんだ、もともと」

「放っとくさ。なるようになる」

広介が、ちょっと笑った。大人びた笑い方だ。

「なにがおかしい？」

「おじさんと話してると、ほんとになんとかなるって気分になるんだ」

私は肩を竦め、冷蔵庫からビールを出した。

アルコールに浸りきりになったのは、なにかを紛わせようと思ったからではない。意志が弱かった。もういい、と人生を放り出したような気分があって、意志を強く持つなどということができなかったのだ。

四十代の前半まで、私は他人が驚くほどの体力を持っていた。意志も強かった。いま、どれほどの体力があるのかは知らない。試したことなどないのだ。意志は弱い。というより、かぎられたことにしか、意志を持とうとしていなかった。山の中のこの生活を、決めた通りにきちんと送っていく。私の抱いている意志とは、それだけだった。

「焚火、やってるんだね、おじさん」

「やってるよ」

「ぼくの分の薪、作ってもいいかな？」

「おまえの分？」

「だって、おじさん触らしてくれないじゃないか。外にある丸太を切って、自分で割るよ。ぼくは、それを燃やす」

「好きにしろ」

はじめから、うまくいくはずはなかった。私がやったのと同じ苦労をすることになるだろう。広介には、なにかやることがあった方がいいのは確かだ。

ビールを一本飲むと、私はカレーの鍋をトロ火にかけ、炊飯器をセットした。

それから、暖炉で薪を燃やしはじめる。広介は、そばでじっと見ていた。

炎は大きくしない。強い炎なら、五本の薪はあっという間に燃え尽きる。炎の大きな焚火というのは、実は簡単なのだ。尽きるか尽きないかという炎を、いつまでも燃やし続ける。それが私の焚火だった。

木屑から薪に火が移った。

「火が好きなんだね、おじさん」

言われてみると、そうだという気もしてくる。少なくとも、嫌いではない。

「これで犬がいれば」

「犬？」

「そう。そばでじっと主人を見あげる、忠実な犬。そういう生活をしてみたい、と思ったことがあるんだよ。もっと山の中で、村なんかなくてさ。そんなとこに、丸太の小屋を建てて」

「言うほど、楽じゃないぞ」

「酒はいらないからね、ぼく。その分、おじさんより働く時間はあるよ」

「こういう生活で、勤勉だってのはほとんど犯罪だぞ。ぐうたらするために、こんな生活を選んでるんだ」

炎が、少し大きくなりすぎた。油断すると、暖炉ではいつも燃やしすぎてしまう。薪を二本動かした。それで躍りあがった炎は小さくなった。

5

川田がやってきたのは、夕方だった。

旅人のように雨は通りすぎていき、陽が射していた。明日は、晴れた日になるだろう。

「坊やがここに来たってことは」

部屋に入り、ストーブの前に腰を降ろすと、川田は空のポケット瓶を出して煙草をくわえた。広介との面識はないようだった。

「君は、私のところへ来る以外は、なにをやってるんだ」

「東京との往復ですよ。片道二時間ちょっとってとこですからね」

スピードの出る車で、高速道路を使えば、そんなものだろう。

「そんなに夢中になってるのか、大津を捜すことに？」

「意地ってやつが絡んでますから」

「ここには現われないぞ」

「息子がいるところだからですか。どうかな」

煙草が、瓶の中に捨てられた。煙の層。拡散していくのを、私は待っていた。川田が、私の視線に気づいて、瓶に眼を落とす。軽く瓶を振ったが、煙の層は思ったほど動かなかった。

「俺も、一緒に待たしてくれませんか。東京との往復も、どこかホテルに泊るのも、経費がかさみすぎましてね」

経費という言葉が、私の耳にひっかかった。もしかすると刑事なのではないか。刑事は大抵ペアで動いているものだ。しかし変った捜査をやりたがる人間もいるだろう。川田が刑事だとしたら、大津はどういう犯罪を犯したと疑われているのか。

「ひと晩、千円くらいなら払ってもいいですよ」

「図々しい男だ」

「駄目かな、やっぱり」

「ベッドが塞《ふさ》がっている。蒲団《ふとん》なんかも君の分はない。ベッドも蒲団も余っていたとしても、泊めはしない。泊めなきゃならん理由がなにもないからだ」

川田が、また煙草に火をつけた。泊めてくれというのは、言ってみただけのようだ。

「ほかの連中は、誰もここに眼をつけちゃいないんですね?」

「どうかな。君のように、図々しくあがりこんでくる連中ばかりじゃないだろう」

「やつらなら、あがりこむどころか、森田さんを拷問にもかけかねない」

「やつら?」

「どうでもいいやつらですけどね」

広介が立ちあがり、夕食の仕度をはじめた。昼は、私のカレーライスだった。夜は自分と、勝手に分担を決めたのだろう。買出しはしていないので、それほど材料があるわけではない。

「ほう、感心な坊やだ」

「あれが、泊めて貰うための姿さ」

川田が、また煙草を瓶に放りこむ。それからテーブルに立てて、煙の層がどんなふうに拡がるのか、観察をはじめた。

「煙草の火の熱で、微妙な対流ができるんですね。それは、煙のかたちをすぐに変えてしまうほど、強いものではない」

きちんと分析しなければ気が済まないタイプ。多分、これまでそうやって生きてきたのだろう。やがて、自分がなぜ生きているのかということについて、分析することになる。それ以後どうなるかは、その人間の問題だった。

私は山の中に小屋を買い、静かに自分ひとりの生活をするようになった。

「話はまったく変りますが、アフリカにおられたことは？」

「カイロ、アビジャン、ナイロビ」

「全部、大都市だ。そのあたりから、武器なんかは流れていたようですけどね、戦争国へ」

「また、戦争の話か」

「近代戦っての、残酷なものなんでしょう。最後のロマンチックな戦争が、スペイン内戦だったと言われてる。それも、幻滅で終ってしまった」

「なにを言いたい」

「ある国の革命戦争で、重要な役割を果した日本人がいるらしい。噂に近いものですがね。それで、相当の金を儲けたって話です」

儲けたのは、会社であって私ではなかった。私は、砲弾の破片を、腱と背中に食らっただけだ。現地の病院で摘出し、三週間で元通りに動けるようになった。

「金というものが、アフリカやアラブでは、どこから出るか知ってるかね」

「さあ」

「地面から湧き出してくるのさ。つまり石油だ。石油の出ない国は、はっきり言って商売としてなんのうまみもない」

「俺が知ってるのは、石油なんて出ない国だな」

「思想を武器にするしかないね、それじゃ。そして、思想は金にはならん」

そうともかぎらないケースが、いくつかあった。複雑な国際政治が絡んでいると、地面以外のところからも、金は湧いてくるのだ。それを嗅《か》ぎつけるのは、現地にいる人間の情報収集と、分析能力だった。

「いろんなことに、関心を持つ男だな」

「悪いとは思ってませんよ」

「ひとつだけ、君の関心の持ち方には欠点がある。自分に関心を持っていないところだ」

「戦争を起こすやつがいるから悪いんだ、という死の商人たちのレトリックに似てますよ。つまり、肝心なものをひとつ、いつも意図的に忘れる」

「自分が生きていることさえ、私は時々忘れてしまうよ」

川田が刑事かもしれない、という考えを私は捨てた。人間には、タイプというものはあるのだ。どこをどう見ても、刑事タイプの男ではない。

「帰れって言いますか、やっぱり」

「居坐ろうってのが、図々しい」

「狙いはそれほどはずしていないつもりですがね、息子の方とは意外だった」

「だから、はずれさ」

「そうなのかな」

川田がまた煙草をくわえた。火をつけず、ぼんやりと考えこんでいる。

キッチンでは、広介が野菜を刻みはじめていた。女でもいるような気分になってくる。庖丁の使い方は馴れているようだ。

「夕めし、ひとりになっちまうな」

「私はいつもひとりだよ。今夜、たまたま広介がいるってことだ」

川田が腰をあげた。煙草の火はついていないままだ。広介が、ちょっと振り返った。川田は、そちらに眼もくれようとしなかった。

「また来ますよ」

私は横をむいていた。ドアを開け、煙草に火をつけ、それから川田は片手をあげてドアを閉めた。

私は何本目かのビールの栓を抜いた。ウイスキーに代るのは、大抵夕食後だ。

ノック。川田がまたやってきたのか、と私は思った。

粋なスーツに身を固めた、若い男だった。人懐っこい笑みを浮かべてお辞儀をし、私の名前を確かめた。車のセールスマンという感じだ。礼儀正しいが、ひとつだけ忘れていた。自分の名前を名乗っていない。

「大津広一氏のことで、ちょっとお伺いしたいんですが」

「来てないね」

「ここへ来るというお約束でも？」

この男を、部屋にあげようという気にはならなかった。

「大津に用事なら、ほかを当たってくれ」

「しかし、大津氏はここに来るかもしれない」

「来たら、来た時のことさ」

「関心がない、と言われるんですね」

「友だちだよ。だから、友だちに対する関心ってやつはある」

「御存知ないようですね。ほんとうに、御存知ないんですか？」

私は、男の眼を睨《にら》みつけた。男に、怯《ひる》んだ様子はなかった。どこか、ふてぶてしいものがある。笑顔でナイフを呑んでいて、隙が見えたらいきなり刺す、というタイプだろう。

「大津広一氏には、今日の午後、逮捕状が出ましたよ」

「罪状は？」

「背任横領だったかな」

男がまたほほえんだ。

「殺人罪で逮捕状が出ようと、私は多分大津を匿《かくま》うだろう。だけど、大津はここへは来ない。絶対に来ないね」

「なぜです？」

「私が匿う、ということを知ってるからさ」

「おかしな話じゃないですか」

「君にとってはおかしくても、大津にとっても私にとっても、おかしくはない。そういうものだ」

「なにか情報をいただければ、いくらかお礼を考えさせていただいてもいいんですがね」

「大津の息子の広介がここにいる」

「東京にいた、息子ですか？」

「私の甥のようなものだ。隠す気もない。私が君にやれる情報はこんなところだが、これでも礼をくれるかね」

「大津氏自身の情報でなければ」

「つまりは、友だちを売れ、と言っているわけだな」

私はポケットを探り、バックの小型ナイフの刃を開いた。男がドアの外に退《さ》がった。顔に貼りつきっ放しだった笑みは、消えている。逃げるだけでなく、反撃の方法も考えているようだ。私が飛びかかれば、ドアを叩きつけるように閉めるだろう。男の手が握ったままのノブ。

「これは仕事用でね」

一歩だけ、私は三和土に降りた。男がノブから手を離し、さらに一歩退がった。じゃ、と言って私はドアを閉め、錠を降ろした。

夕食の仕度は整っていた。牛肉とじゃがいもの煮つけ、ネギと一緒に刻んだ納豆、冷凍の海老を殻ごと塩焼にしたもの、味噌汁。海老の塩焼を除いては、申し分ないできだった。海老だけは、強い火で焼きすぎたのか、黒く焦げている。

「親父に逮捕状が出たそうだ」

「聞いてたよ。いやでも聞えてくる」

「大して驚いているようでもないな」

「逮捕されるって、みんな言ってたから。親父はいないかってしつこくやってきた人たちが、みんなそう言ってた」

「予想はしてたってことか」

「誰かが、親父を逮捕させるんだ。なにもやってないのに、親父が逮捕されれば、誰も傷つかなくて済むんだ。親父は、ぼくにそう言ったよ。なにもやってないって」

「どこまで、おまえは親父と話した？」

「それだけさ。親父がなにもやってないと言うんなら、ぼくはそれを信用する」

「やったかもしれないぜ」

「やってたら、おじさん、どうする？　犯罪者の息子だからって、ぼくをここから追い出すかい」

「ひとつだけ、教えておいてやろう。おまえの親父とは、おまえが生まれるずっと前からの付き合いだ。この歳になってくると、誰が友だちなのか、はっきりわかってくる。淋しいことに、二人とか三人とか、そんな数なんだ。おまえの親父は、俺にとっちゃその中のひとりだよ」

「だから？」

「なにをやっても、友だちだ。単純なことなんだ。友だちは、友だちさ」

「わかるような気もする」

箸《はし》をゆっくりと動かした。じゃがいもと牛肉は、ちょっと甘い。味噌汁は、そこそこよくできている。

「豆腐があると、味噌汁に使えたな」

私はビールを飲み続けていたが、広介はもう二杯目のめしだった。

「まあ、あの男のことは忘れよう」

広介が頷いた。

私はビールを切りあげ、少量のめし粒を口に入れた。そこそこの食欲は、大抵はある。

面倒だから夕食を抜こう、などということもしない。アル中を恐れているわけではなかった。なればなったでいい。あるいは、もうなっているのかもしれない。それでも、私の生活になんの支障も出ていなかった。

「蒲団はひと組ある。湿ってるかもしれないから、天気のいい日に外に干せ。ベッドは、上を使え」

造りつけの二段ベッド。冬の冷えこむ夜には、私はいつも上で眠る。その方が、いくらか暖かいからだ。

海老の塩焼は、見かけほどひどくはなかった。広介はもう皿を全部平らげて、所在なさそうに私とむき合っている。

「相変らず、テレビもなけりゃ新聞もとってないんだね、おじさん」

「ラジカセがあるぞ。ミュージックテープも十本ばかり。あとは、俺に必要ないものだ」

「古臭いジャズばかりだからね、おじさんのテープ」

それでも広介は立ちあがり、ミュージックテープをかけた。ビリー・ホリディの声が流れてきた。

6

ひとりが二人になっただけで、冷蔵庫の中身はびっくりするほど少なくなっていた。もともとビールが占領している場所が多すぎるのだ。

午後になると、私は冷蔵庫や食料品の棚を点検して、買出しに出かけた。

晴れた、暖かい日になっている。

本格的な買出しは、下の街より、さらに大きな街へ出かけた方がいい。値段が安いこともあるが、なによりも望むものが手に入れられる。

スピードに注意していた。よく取締をやっているのだ。交通量はそれほどでない田舎道だが、警官も暇を持て余しているというところだろう。街から街へ走る時は、どんな道でも注意した方がいい。安心なのは、村から街へ降りていく道くらいだった。

スーパーで、大半のものは買い揃えた。それから、本屋とガソリンスタンドに寄った。

ちょうどいい時間になった。駅の近くの喫茶店の前に車を停めると、二分ほどして佐和子が素早く車に乗りこんできた。要するに、逢引なのである。佐和子は、自分の車を駅前の駐車場に入れてきている。面倒なことをするのは、すべて人眼を気にしているからだ。

誘ってきたのは、佐和子の方だった。いま大丈夫な時なのよ。つまりは妊娠しないという意味である。電話でそう言われても、あまりなまなましい気分にはならない。会ってもいいと思ったのは、どうせ大きな街へ出ていくついでがあったからだ。

「ひと月に一回は、逢っとくものよ」

部屋に入ると、そそくさと服を脱ぎながら佐和子が言った。あまり遅れて店に出たくはないのだ。

「俺のところへ来てくれれば、手間は省けるじゃないか」

「駄目って言ったでしょう、それは。何度も言わせないでよ」

私の言い方は、佐和子の弱味を狙ったものだった。拒絶しているわけではないが、面倒なことをこなす時間もない。そんなふうに言っているだけだ。

「あたしの車に、絶対乗らないんだから」

佐和子が言い返してくる。ジープのシートはリクライニングではない。つまり、佐和子の車のシートをベッド代りにしようというわけだ。山の中に、人眼のない場所はいくらでもある。

車の中で女を抱くほど、強い欲求があるわけではなかった。ひと月に一度か二度で充分だ。

四十代になると、性欲を持て余すことは少なくなった。枯れたのだ、と自分では思っている。それでも、三年半前まで、私には三十にもなっていない愛人がいた。海外駐在の時は、その国に愛人を作った。

シャワーを浴びた佐和子が、バスタオルを巻いて出てくる。私は肥り気味の佐和子の躰からちょっと眼をそらし、部屋の明りを絞った。

いつもと同じように、交合がはじまる。淡々としたものだ。佐和子は、いつも声を押し殺している。最後だけ、肚の底からという感じで、佐和子は叫び声をあげる。快楽に歪んだ顔がなぜか痛々しくて、私はいつも眼を閉じていた。

「森田さんは、結婚しようって気はないの？」

終ると、佐和子はすぐに四十二歳の女に戻る。

「俺と、そんなことをしようって気でも起こしたのか？」

「まさか。森田さんが、大してあたしを好きじゃないってことくらい、わかるわよ。ただ、息子さんがいるんでしょう」

「ほう。もう君の耳に入ってるのか」

「きのう、村の人が飲みにきたから」

「息子は、しばらく俺のところにいるだけさ。客みたいなもんだ」

息子と思われているなら、そうしておいた方がいいだろう。息子であろうが甥であろうが、村の人間にとって大事なのは、何者なのかはっきりしていることだ。

「息子がいるから、結婚しないってわけじゃない。面倒なだけだね」

「でしょうね」

「君に結婚願望がなくて、俺は助かってる」

「一度で充分よ、あんなもん。森田さんとは、どこかで安心して、言葉は悪いけど気軽に付き合えるってわけね」

「俺も、それがありがたいね」

魅力的とまではいかなくても、色香は残っている女だった。昔、私が結婚しようと思っていた女と、もし結婚していれば、これぐらいの年恰好の夫婦だった。

佐和子が、どういう男と結婚し、いまどうなっているか、私は知りはしなかった。知ろうとも思わない。

「帰るか」

ドライブインでも出るように、私たちはモーテルを出た。

途中で一度、ビールを買っただけだった。注意して飲んだ。スピード違反で捕まらないかぎり、飲酒が発覚することもないはずだ。

陽が落ち、暗くなった。

ヘッドライトがひとつ、一定の距離で付いてくる。偶然同じ方向にむかう車がいても、なんの不思議もない。しかし、私に付いてきている、という気配が濃厚なのだ。自動販売機でビールを買うために停めた時、その車も停った。偶然だと思って、その時は大して気にしなかった。

街から村への山道にさしかかった。

シフトダウンし、スロットルを開いた。直線でのスピードは出ない。しかし、カーブを実に安定して曲がっていく。二輪駆動では横すべりするスピードでも、タイヤは路面をしっかりグリップしている。ヘッドライトが遠ざかり、カーブに隠れて見えなくなった。

脇道に車を突っこみ、付いてきた車をやりすごした。白い乗用車だが、車種は見分けられなかった。テイルランプが見えなくなってから、私は車を出した。

家のそば。白い乗用車。降りていた男が、ヘッドライトの光の中で、弾かれたように振り返った。

「運転はうまくないようだな」

「とっくに走っていっちまったあんたの車が、家のそばに見えないんでね。てっきり、うまく撒《ま》かれたと思いましたよ」

「私に、君を撒く理由なんてないんだ」

私の外出を、大津に会うため、と川田は考えたのだろう。佐和子に会っていたのも、すべて見られたということになる。

「手間をかけて女と会うんですね。ただごとじゃない、と思っちまいますよ」

「田舎は、人の口がうるさい。私は構わんが、相手はそれを気にしてる」

「いつからなんですか、おたくたち？」

「そんなことまで、調べたいのか？」

「個人的な関心ですよ。しかし『トンボ』のママとはね」

私と佐和子の関係に、個人的な関心がある。つまり、大津に対する関心は、個人的ではないということなのか。仕事だとして、どういう種類の仕事なのか。

「帰れよ」

「空振りだったんだ。もうちょっとやさしく扱ってくれませんか」

「かわいげのない、空振りだからな」

ドアを開けると、肉を焼く匂いが漂ってきた。食事の仕度は、ほぼできあがっている。

私は、冷蔵庫からビールを出した。かなりの量を冷やしてあったはずだが、二本しか入っていない。代りに、牛乳やジュースが入っていた。

「まさか、おまえが全部飲んじまったわけじゃないよな」

「外だよ。冷蔵庫と同じぐらい冷えるはずだから」

「安心した。おまえ、俺が買い出しに行ったの、知ってただろう？」

「下の街まで、ちょっと出かけただけさ。今夜の分と、明日の朝の分くらい、買っておいてもいい、と思った」

広介がほんとうに欲しかったのは、新聞のようだった。三紙、テーブルに置いてある。新聞がどれほど嘘をつくか、まだ知りはしないのだろう。

「かかった金は払ってやる」

「領収証があるよ、そこに」

新聞と並べるようにして置いてある。私は領収証の金額に眼をやり、金をテーブルに置いた。新聞には手をのばさなかった。

ビールを一本飲むと、風呂に入って着替えた。外に出したビールを一本持ってきてみる。冷蔵庫のものと、大して変らなかった。

新聞には多分、大津のことが出ているのだろう。広介は、それを読ませたいに違いない。そういう心境が、わからないではなかった。親父はこんなことをする人間ではない、と私と語り合ったりしたいのだ。

ビールを飲み、食事をかきこみ、私はウイスキーに手をのばした。週に三本として、月に十二本。時によっては、ひと晩に一本ということもある。高級品は買えなかった。

「新聞でなにがわかる」

後片づけを終えて腰を降ろした広介に、私は言った。広介は横をむいている。

「新聞に、おまえの知っている親父のことが書いてあったか？」

「なにが起きたのか、ということはわかるよ」

「きのうの男のことは、忘れたはずだ」

「だからって、親父のことを忘れたわけじゃない」

「そうだな。親父がなにをやったか、確かに新聞には書いてあるだろうさ。どこかで人を殺したやつがいる。どこかで金を盗んだやつがいる。それと同じようにな」

「なにを言いたいわけ、おじさんは？」

「ほんとうのことは、なにもわからんってことさ」

「新聞を読まなくて、ほんとうのことがわかるってのかい？」

「読まないから、わかるのさ」

「おじさんは、どんなふうに親父のことをわかってる？」

「俺が知ってる、大津って男。前もいまも、それは変っちゃいない」

「ぼくだって、変ったと思ってないよ」

「おまえが、なんでもいいから、少しでも知りたい。そう思った気持がわからんわけじゃない。だけど、おまえの親父は、なにも言わなかった。どう考えてたのかは、わからんがね。言わなかったってことは、言ってみても理解させられはしない、と思ったのかもしれん。なにがあっても、信用して貰える、と思ったのかもしれん」

説教めいたことを喋っているせいか、いつもより酒のペースが速かった。

「おじさんは、どっちだと思ってる？」

「俺は俺さ。大津がなにを考えようと、俺はあいつを信用してる」

「わかんないな、ぼくには」

わかるわけがない。口から出かかった言葉を、私は抑えこんだ。五十年近く生きてきた男の心情を、十六の子供がわかるわけがない。

広介は、私が街から買い出してきたものの整理をはじめた。冷蔵庫に入りきれないくらいだ。うまく収めようと、いろんな入れ方を試みている。

生活のかたちは、すでにできあがってしまっていた。二年前、広介が家出をしてきた時は、こちらが言わなければ、なにをやっていいのかわからない、という感じだった。いまは、私よりよく気がつく。

「少々酒を飲んだからって、人間が変っちまうと思うか？」

「人間が変ったから、酒を飲むようになった。親父は、おじさんのことをそう言ってたよ」

「親父が、酒を飲むなと言ってたのか？」

「いや。あんなふうに飲めるやつは、飲めばいいんだって。おじさんの話、時々親父としたからね。食事の時なんか、間が持てなくなっちまうんだ」

「親父も、そうだったろうさ」

父子のわずかな共通の話題の中に、私のことが入っている。つまりは、私がまだ生きてこの世にある、と認めていた人間が二人はいた、ということか。

かすかな酔いが、意識の中に漂いはじめた。これが、私のふだんの状態だと言っていい。眼醒めている時は閉じている眼が、酔いの中では開いてしまう。意識的に見ようとしなかったものが、はっきりと見えてくる。

私は、なにか大きな厄介事を、引き受けようとしていた。それは、十六歳の少年の面倒をみる、というようなことではなかった。

俺に、なにをやらせようって気だ。呟《つぶや》いたが、広介には聞えなかったようだ。ラジカセに耳を傾けている。この山の中で入る局は、高が知れていた。

「親父が好きか、広介？」

「わかんないよ。二人きりで、ずっと生活してきたんだしさ。近すぎると、そんなもんはわからなくなるでしょう」

「俺には、それもわからんよ」

「おじさん、どうして家庭を持たなかった？」

家庭という言葉が、広介の口から出ると奇妙な感じだった。

結婚しようとはした。しかし、しなかった。その状態が、ずっと続いたというだけのことだ。面倒なものが、冷静になるといくつも見えてきたのかもしれない。女は、愛人で沢山だった。それは、大津も同じだったはずだ。ただ大津は、結婚と同じくらい面倒なものを、ひとつ引き受けた。

広介が、ラジオを諦めて、ミュージックテープをかけた。

スタンダード・ナンバーのボーカル。誰の声だか思い出せなかった。よく知っている女の歌手だが、どうしても名前が出てこない。

「ド忘れだな、ちくしょう」

「カーメン・マクレー」

広介が言った。頷いて、私はウイスキーに手をのばした。

第二章

1

三日目になると、私は広介がいることに馴れてきた。広介も、私の小屋に馴れたようだ。

私の焚火を、広介はぼんやりと立って見ていた。五本の薪を、同時に燃やしはじめた。

広介が、熾《おき》を三つ残して炎を消してしまった時、私の薪はまだ半分も燃えていなかった。

「わかんねえんだよな、俺。どうしておじさんの焚火だけ保《も》つわけ？」

「おまえの炎は、大きすぎた。あれじゃすぐに燃え尽きるさ」

「だけど、小さくしようとすると、消えちまうんだよね。途中で二回、木屑を使って燃やし直したんだから」

「俺と同じようにやろうってのが、間違いなんだ」

「口惜しいんだよね、ただ」

広介は、私の手もとから眼を離そうとしなかった。たえず薪を動かしている私の手。炎が小さくなれば、大きくなる方向から空気が流れるようにし、大きくなれば逆にする。難しいのは薪の組み方でも動かし方でもなく、空気の流れの読み方だった。

「おじさんが凝っちゃうってのも、わかるような気がするよ」

「生意気を言うな」

ほぼ薪の全部の部分が、燃えはじめていた。すでに、半分以上は白い灰になってかたちもない。最後に炎を大きくしないこと。それもコツのひとつだった。

広介が、小屋の裏手の方へ行った。新しい薪でも捜そうという気かもしれない。私は、炎の最後の部分に注意を集中した。

きれいに燃え尽きた。失敗することなど、いまでは考えられない。

部屋に戻り、ビールをひっかけると、木彫にとりかかった。ナイフの切れ味は、落ちていない。指さきの、小さな動きが勝負のところになっていた。

他人になんと言われようと、私は彫りたいものを彫るだけだった。それが売れなければ、かすかにでも人の心を動かすことさえ、できなかったということだろう。

二時間ほどで私はナイフを置き、昼食の仕度にかかった。冷凍の海老、マッシュルーム、ピーマン、人参。軽く炒《いた》めた。そこに、前の日の残りの飯を放りこみ、胡椒《こしょう》と塩で味をつけ、サフランで黄色い色をつける。スペインの、パエリアのつもりだった。

匂いを嗅ぎとった犬のように、広介が戻ってきた。私はすでに、ビールを飲みはじめていた。

黙って広介が食べはじめる。私はビールを飲みながら、突っつくという感じだ。皿に盛ってある量も、広介の三分の一というところだった。

「おまえの親父も、なかなかのもんだろう」

「憶えてるよ。俺がまだ、小学校に入ったか入らないかのころ、海外駐在から帰国したおじさんが、うちに来ちゃってさ。よく材料を買ってきては、親父と作ってた」

「男が二人、台所に立っている姿なんて、あまりサマにはならんがね」

「おじさんが出ていっちまうと、親父はおじさんの料理を何度も試して、そのうち同じものを作っちまうんだ」

電話が鳴り、私がとった。

事務的な口調だった。私は短く受け答えをし、最後にわかりました、と言った。

冷蔵庫から新しいビールを出した。グラスに注ぎ、ひと息であける。口の渇きがましになった。広介がなにか言いかけたが、私は無視していた。

「東京へ行かなくちゃならんぞ、おい」

「なにをしに？」

広介は、皿にスプーンを置いた。米粒ひとつ、皿には残っていなかった。

「おまえの親父の、屍体を確認にだ」

広介の手の動きが止まった。私は、もう一杯ビールを注いだ。

「いまの電話？」

「警察からさ。おまえがここにいることを、教えたやつがいるみたいだな」

広介は、しばらくテーブルに眼を落としていた。木目を追っている。私にはそんなふうに見えた。視線は動いているのだ。

「親父は、なんで死んだの？」

「わからん。自殺か他殺か、まだ結論は出てないそうだ」

「いつ、行くの？」

「今日じゅうに。司法解剖はすでに終って、おまえが行けば屍体を引き渡してくれるようになっているらしい」

「ぼくが」

「勿論、俺と一緒さ」

広介はまだテーブルを見つめている。

想定していた事態の中に、大津の死というのはあった。最初に思い浮かべていたものが、それだったと言っていい。

人が死ぬのが、それほどめずらしくはないことは、五十年近く生きればわかる。自分の死について、考えたりすることもある。

「とにかく、おまえが屍体を見て、親父だと言うしかないんだ」

「わかった」

「じゃ、仕度をしろ。車で行く」

広介が頷《うなず》いた。

私はビールを飲み干し、スエードのジャケットに着替えた。

大した準備がいるわけではなかった。三十分後には、私と広介は高速道路の入口にむかって走っていた。

「まだ、実感はないだろう、広介」

「わかんないよ」

「人が死んだ時っての、大抵はそんなもんだ。眼の前で死んでも、眠っただけじゃないかと思えてくる。死ぬっていう事実を、生きてる人間はなかなか受け入れられない。理屈じゃなくな」

「親父が、どんな顔をして死んでいるのかも、ぼくはなんとなく想像がつくよ」

「想像してるだけさ。すぐに、おまえにもわかる。身近にいた人間が死ぬということは、心の中からなにかひとつ喪《な》くすということだ。うまくは説明できん。感じとしては、そうなんだな」

「泣かないようにするよ、親父を見ても」

「そう願いたいね。男は、ひとりの時に泣けばいいんだ」

高速道路に入った。

スピードをあげる。全開にしても、せいぜい百五十といったところだ。

「おじさん、まだ酒臭い」

「このスピードじゃ、捕まらん。東京に着くまでにゃ、抜けてるさ」

それから、一時間近く無言で走った。

「俺は、もっとおまえを慰めるべきなのかな、広介」

「どうして？」

「わからんが、そうするのが、そばにいる大人の仕事だって気がする」

「なんと言って慰めるわけ。そんな言葉が、どこかにあるの？」

「わからん。ただ、人を慰めるような生き方はしてこなかった。いま、それが邪魔になってるんじゃないか、という気がしてるんだ」

「いらないよ。言葉なんて、なにもいらない」

「おまえのそばにいる。それが、俺がしてやれることだ」

「ありがとう」

言いながら、広介は外に眼をむけていた。

東京の街に入った。

警察署での手続きは、大して煩雑なものではなかった。すぐに、解剖した病院に連れていかれた。

霊安室。白い布。大津は眼を閉じ、眠ったように死んでいた。よう、と声をかけた。それ以外の言葉は出てこなかった。

「父です」

広介の声がした。広介の方が、よほどしっかりしていた。私は、眼を閉じた大津に、よう、とだけ何度も声をかけていたのだ。

刑事が、いくつか広介に質問した。それに対する答も、しっかりしたものだった。簡単な手配をした。屍体を運ぶ手配。葬儀の手配。すべて、事は簡単に運ぶようになっていた。料金表を見せられた。私はその中から、一番安いものを選んだ。

駒沢公園のマンションの部屋。戻ってきた大津は、蒲団《ふとん》に横たえられた。

通夜には、十人ほどの近所の人間がやってきただけだった。仕事の関係の人間も二、三人混じっていたようだが、名乗りもせず、線香をあげただけで帰っていった。

私は、棚にあった大津のウイスキーを、飲み続けていた。喪服の用意など、していなかった。忘れたのではなく、はじめからそんなものを着ようとは思っていなかった。

九時を回ったころ、川田が顔を出した。

「やっと会えたじゃないか。十五万、ふんだくっていくといいぜ」

「こうなるかもしれない、とは思ってました」

私の言うことに、川田は取り合おうとしなかった。

「これが一番都合がよかった。そういうことなんだ。都合がいいことが起きる、とはじめから決めて動くべきだった。絶対に都合がいいことが起きるってね」

「なにをブツブツ言ってる、川田？」

「今夜は、ひどく酔ってますね」

「酔えないんだな。躰《からだ》の芯のところに、醒《さ》めたものがある」

「広介君は、しっかりしてるようだ」

川田が、どこからか灰皿を持ってきて、煙草をくわえた。

「殺されたんですよ。大津広一氏は」

「警察じゃ、どっちとも言えんという意見が強いらしい」

「殺されたんです」

「やけにはっきり言うね」

「おまえが死ぬことで、すべてが都合よく運ぶ。そういう心理的な圧力をかけられての自殺は、やっぱり殺人でしょう」

「いるのか、そんなやつが？」

「心理的な圧力をかけたのかもしれないし、実際に手を下すか、人を使うかしたのかもしれない。とにかく、はっきり言えるのは殺されたってことだけです」

「憶えとくよ、君の言ったことは」

私はウイスキーの瓶に口をつけた。川田は、壁に寄りかかり、膝を抱えている。

「もう帰れよ、川田」

「俺は、大津広一氏の敵じゃありませんよ。大津氏は、俺の依頼人だった。十五万で雇われたってわけです」

「興信所か？」

「いや、弁護士です。依頼は、大津氏を法的に保護するってことでしたがね。十五万は、まだ払って貰ってない。俺は、余計なことを考えすぎたんですよ。抱えてる事件が、大きなものになるという予感があった。だから、大津氏の身柄を、なんとか確保しようとしたんです」

「向日葵《ひまわり》のバッジは？」

「あんなもん、法廷に入る時だけで沢山でしょう」

「大津を法的に保護するって、どういうことだったんだね？」

「さあね。いざという時の、権利の主張、たとえば人権とかね。そんなことを、期待されていたのかもしれません」

「いざという時がいつかの判断は？」

「それは、俺が任されてましたよ。だから、実に曖昧《あいまい》な契約ではあったわけで」

「大津の弁護士だと、君はなぜはじめに言わなかった？」

「違うものを狙ってたんでね。まだガキってことですよ。大津氏の身柄を確保してれば、実にさまざまなことができたはずなんです。そして俺は、功を焦った」

大津がなにをやっていたか、知りたいとは思わなかった。知ったところで、たとえば氷山の頭だけが見えてくるようなものだろう。

私は、ウイスキーを呷《あお》り続けた。弔いの酒というやつがある。私などより、ずっと長命で、成功もしそうだった大津が、あっけなく死んだ。それだけで、飲んだくれる理由は充分なのだ。

しかし、酔いきれなかった。酒が躰を通り抜けていく、という感じだ。

「十五万払って、俺との契約を継続してくれませんか、森田さん？」

「私は、弁護士を必要としてない」

「大津氏に雇われたってかたちにしたい。できればね。金だけ、森田さんが払ってくれればいいんですよ」

「それで、どうなる？」

「残された財産の整理。広介君のものになるわけだけど、法的手続はいろいろと必要ですしね。俺がそれを一手に引き受けますよ」

「悪くないな。それについてどうしようか、考えていたところだった」

「渡りに船じゃないですか。十五万貰えれば、俺は晴れて大津家の顧問弁護士だ」

「大津の残した財産の中から、十五万取ればいい」

「意志のある金が欲しいんですよ、俺は」

「ひとつのことをやるのにも、ひどくこだわる男だね」

「それが、俺の欠点であり長所なんです。ひとつだけ間違いなく言えるのは、こんなふうだから弁護士として売れない」

川田が笑った。私が抱えていたウイスキーのボトルは、完全に空になった。

「振込先を教えておいてくれ」

「待ってました」

「大津広一の名前で振りこむかもしれん」

「振りこまないかもしれない？」

「その時の風向きだな」

「頼りないけど、まあ可能性はあるわけですね」

川田は、手帳一枚破いて、メモを私に渡した。ズボンのポケットに、私はそれを突っこんだ。

「もし私が金を振りこんだとして、君がなにをやるつもりなのかは知らんが、ひとつだけ俺に知らせてくれないか」

「いいですよ。実質的な依頼人はあんただ」

「自殺か他殺か。他殺なら、誰が殺したのか」

「俺の意見じゃ、死に方がどうであれ他殺なんですがね」

「君の意見じゃない。客観的な事実として教えてほしいと言ってるんだ」

「まあ、なんとか御希望に添えるように、努力はしましょう」

川田がまた煙草をくわえた。

棚には、もうウイスキーは見当たらなかった。川田がいつものポケット瓶を持っていないかとは思ったが、言い出さなかった。これ以上酒を欲しがれば、川田は完全に私がアル中だと思うだろう。

十時半を回っていた。川田は、いつの間にか帰っていた。

隣の部屋を覗いてみると、横たえられた大津の屍体の脇で、広介がうずくまるような恰《かっ》好《こう》で眠っていた。

私は棚を漁《あさ》り、封を切っていないウイスキーのボトルを見つけた。

2

焚火ができなかった日の薪を加算すると、かなりの数になった。しかも広介の分まで加えると、それの倍になるのだ。

本格的に、私は暖炉を燃やすことにした。十一月のはじめだが、山からの吹き降ろしの風は乾いていて、冬のものだった。

広介の荷物は、すでに運びこまれて、部屋の隅に積みあげられている。大津の財産といえば、駒沢公園のマンションだけだった。預金も、それほど高額なものは見つからなかった。本人さえ生きていれば、借金と預金が機動的に生きていくシステムになっていたのだろうが、死ねば、ただ帳尻を合わせるための数字にすぎなかった。

とりあえずは、私が広介を引きとったという恰好になった。広介は、マンションを売った代金を、自分の金として持つことになる。ただ、都心に近いマンションは、買手を捜すのが難しい時期になっていた。慌てて売るのは、やめにさせた。いい買手が現われるまで、待つだけの時間はあるのだ。

広介の学校のことを、考えなければならなかった。下の街に、高校はない。バスで一時間半近くかかる大きな街に、県立高校があるが、入学は難しそうだった。これまで通っていた世田谷の高校に籍はあり、休学届が出してある。

私は、それ以上熱心にはならなかった。最後は、広介が自分で決めればいいことだ。

広介が、煙草を喫《す》っているのを見つけた。小屋の裏の陽溜りで、広介は腰を降ろし、眼を閉じて煙を吐いていた。

「俺が禁煙してるんで、気を使って隠れて喫ってんのか?」

声をかけると、広介は一瞬煙草を隠そうとし、それから開き直ったように鼻から煙を吹き出した。

「似合うじゃないか」

「いいんだよ、別に俺は。ここに厄介にならなくても、マンションが売れれば金持ちになるんだしよ」

「そうだな。結構な金持ちだ、その歳にしちゃな。ただし、全部親父から貰ったもんで、ビタ一文自分で稼いじゃいないようだけどな」

広介は煙草を捨て、靴で踏んで消した。

「おじさんだって、いま大して稼いでるわけじゃない」

「そりゃそうだ」

会社を辞めた時、私にはかなりまとまった金があった。海外駐在の手当てなどが溜っていたし、退職金もかなりの額になった。その一部で、この小屋を買った。

木彫の人形を売って、わずかな金が入ってくる。売らずに持っておいた株式の配当もある。それで私の生活は充分にまかなえて、預金が減っていくことはなかった。

「俺が、出て行けなんて言うと思うか?」

「言ったって構わない、と俺が言ってんのさ。どうせ厄介者だろう」

「おまえは、大津の息子だ」

「それだけで、俺を養ってくれるのかい」

「そうさ」

「なぜ？」

「友だちだった。そして友だちに頼まれた」

「だけど、飲んだくれてるだけだからね、おじさん」

「それでも乱れないのが、俺のいいとこさ」

「俺はいやだよ。少しずつ嫌いになったよ」

広介が横をむいた。広介に、好きになって貰おうという気はなかった。だから御機嫌取りなど、考えもしない。いたければ、いつまでいてもいい。出ていきたければ、いますぐでも構わないという気持はあった。

「ひとつだけ、決めておこうじゃないか。お互いに大人だ。なにをやろうと勝手さ。その責任をきちんと取れりゃな」

「わかったよ」

「俺は、これまでと同じように生きていく」

広介が、新しい煙草をくわえて、火をつけた。生意気にジッポなどを持っている。

私はポケットに手を突っこみ、玄関の方へ歩いていった。時々、ジープを洗ってやる。月に一度くらいのものだろうか。洗って汚れを落とすだけで、ワックスなどかけたことはない。

洗車を終えると、私は部屋に入って木彫にとりかかった。すでに十体ほどできていて、土産物屋の主人からは、次のものを早く持ってきてくれと電話が入った。

ビール。飲み続けていた。眼醒めた時から、絶やすことはない。私にとっては、命の水のようなものだ。

蟻《あり》が全身を這《は》っているような気がする。アル中で入院したことのある同僚だった男が、そう言っていた。そういう感じに襲われたことは、まだない。酔いが抜けかけると、気怠《けだる》い感じになるだけだ。

夕食を作るのは、私の番だった。きのうから煮こんであるシチューがある。どちらかと言うと、私が若い者の好みそうな料理を作り、広介が年寄りじみたものを作る。

食欲は、広介の方が私の三倍も旺盛だった。

夜は、私は酒瓶を抱いている。広介は、駒沢のマンションに置いてあったテレビを出そうとしたが、私が禁じた。テレビなど観ない、という生活を崩す気はなかった。その代り、CDプレイヤーは許可した。

広介が聴く曲は、概して大人しい静かなものだった。耳に馴れてはいないが、それほど不快でもない。若い者がよくやるように、極端にボリュームをあげる癖もないようだ。

広介が増えたというだけで、生活は元に戻っていた。

私は生活の細部まで、なにひとつやり方を変えようとはしなかった。そこに広介のやり方が入ってくる。折り合いがつくものだけが、生活の中で新しいものになった。

「部屋の中じゃ、煙草は喫わない方がいいのかな」

「それについては、禁止する気はない。おまえが決めろ。煙草がそばにあっても、別に俺は誘惑は感じない。ただ、顔のまわりに流れてくる煙が不愉快になったら」

「どうする?」

「張り倒すかもしれんな」

「結局、喫うなって言ってるんだね」

「駄目なものは駄目と、俺ははっきり言うよ。テレビを駄目だと言ったみたいにな。煙草は、やってみなくちゃわからん」

「きっと、煙がうるさくなると思う」

「だったら、部屋で喫うのはよせ」

「親父は、ぼくが煙草を喫ったと気づくと、いつもぶん殴ったよ。かなり本気でね」

「俺に、親父なんか求めるなよ」

「思い出しただけだよ」

広介が、父親の死をどんなふうに受けとめているのか、そばにいてもわからなかった。涙を見せたことはない。父親について、なにかを語ろうとしたこともない。

どちらにしろ、死は生にとって理不尽なのだ。広介が、父親の死を受け入れるということは、その理不尽と妥協するということだった。

川田がやってきたのは、十月の終りの日だった。

大津が残したものが、きれいに整理されていた。マンションだけが、まだ売れていない。それは待てばいいことだ。

「もっかのところ、現金で三百万強が、広介君の手に入るということになります。それは持ってきました」

「君の取り分は？」

「規定分だけ、受け取りましたよ。書いてあるじゃないですか、ここに」

「数字を見ると、頭が痛くなってくる」

実のところ、小さな字は眼鏡なしでは見えなくなっていた。それに気づいたのか、川田がにやりと笑う。

「広介君は？」

「もう戻るだろう。毎日、焚火が終るとどこかへ出かけていく」

「現金は、直接彼に渡した方がいいですね」

「そうしてくれ」

川田が頷き、煙草をくわえた。ポケットから小瓶を取り出す。

「他殺ですね。警察も、その線での捜査を進めてますよ」

いきなり、川田が言った。

私は立ちあがり、冷蔵庫からビールを出してきた。グラスに注ぐ。泡が少しばかりこぼれた。やはりアル中だ、という顔で川田は見ている。

「犯人は？」

「わかりませんね。逮捕できるかどうかも、微妙なとこだと思いますよ」

「どうもキナ臭いな。実行犯がいて、別に教唆犯《きょうさ》がいる。そういうことじゃないのか?」

「教唆犯ね。金を払って殺せと言うことは、教唆にはなりませんね。もっと重い。実行犯と同じですよ」

「つまりは、殺し屋にやられたということか。いま時、そんなのがいるのかな」

「刑務所志願のやくざ者が、現実にいるんですから」

「すると、雇ったのは?」

「見当はつけてます。ただ、もうちょっと調べないことにはね」

「勿体《もったい》ぶるなよ」

「ある程度の確証がなきゃ、言えませんよ。間違ってたら、普通の市民を殺人者呼ばわりしたことになる」

「公表するわけじゃない」

「待ってくださいよ、もうちょっと」

二杯目のビール。川田が私の手に眼をむけている。私の手はふるえてもいなければ、グラスの位置を間違えもしなかった。

「知って、どうするんですか、森田さん?」

「知っておきたいだけだよ」

川田の眼は、次は私の眼にむいてきた。見つめ合う、という恰好になった。さきに眼をそらしたのは、川田の方だ。煙草を、ポケット瓶の中に落とす。煙の層。川田は、しばらくそれに眼をやっていた。

「真相ってのは、こんなもんです。はじめ、なんとなく見えてる。掴《つか》もうとしてみるけど、ガラスが邪魔で掴めない。そのうち拡散して、煙があったかどうかもわからなくなっちまうんだ。人間の社会ってやつは、罪をそんなふうに吸収してしまう力みたいなものを、持っちまってるんですよね」

「君は、弁護士じゃなく、検事になるべきだったんじゃないか」

「時々、そう思います。親父が、冤罪《えんざい》事件に関して、多少名を売った弁護士だったもんですからね。どこかに、負けたくないという意識があって」

「大津と会えていたら、どうする気だった？」

川田は二本目の煙草に火をつけ、私は三杯目のビールを注いだ。

「俺は、大津氏の弁護士だった。したがって、逮捕された大津氏の弁護をすることになる。大津氏の罪状についての弁護だけじゃありません。もっと攻撃的な弁護をね」

裁判の話になると、さすがに川田は饒舌《じょうぜつ》だった。私はビールを注ぎ足しながら、黙って聞いていた。長くなった灰が、ポトリと床に落ちるのも、川田は気づかない。

「大津氏については、無罪は無理としても、刑は非常に軽くできた。執行猶予ですら可能だったでしょう。ただそのために、大津氏は法廷闘争をやる覚悟が必要だった。彼の証言によって、東京地検が動かざるを得ないような状況が、間違いなく作り出せたんです。そして、大物を法廷に引っ張り出せた」

「やっぱり検事の発想に思えるな、私には」

「これからは、検察がやろうとしないことを、弁護士がやるんです。いいですか、森田さん。法廷で明らかになった真実は、絶対に近いものなんです。検察も、動くしかないんですよ。そうしなきゃ、社会が納得しません」

「大津を使って、それをやろうとしてたってわけか」

「無論、大津氏の同意が必要だ。そしてなにより闘志ってやつがね。たとえ何ヵ月かの実刑を食らっても、五年の実刑で、出所したら連中のあてがい扶持を貰うという人生より、ずっとましだと思いますよ」

ビールがなくなった。手持無沙汰になったので、私はナイフで細い深香木を削りはじめた。めずらしく武人像を彫り、手に太刀を持たせることにしたのだ。しかもちょっと凝って、その太刀は鞘《さや》に収めることもできるようにする。

「大津氏に、その意志があるのかどうか、まず確かめたかった。あったんですよ。直接聞いてはいないけど、殺されたことでそれが明確になった。やつらは、大津氏を殺すしかなくなったんだ。残念なのは、大津氏に会ってそれを確かめられなかったことです。俺に依頼してきた時、大津氏はそこまで肚《はら》を割ってはくれなかった。信用して貰えなかったんですよ」

川田が、短くなった煙草に気づいて、ポケット瓶に放りこんだ。私は、木を削り続けていた。ナイフを軽く滑らせるだけで、薄い膜のように木の表面が削れてくる。

広介が戻ってきた。どこへ行っているのか、訊《き》いたことはない。時々、スニーカーが泥だらけになっているので、多分山の方へ行っているのだろう。

広介と川田が話しはじめた。私は作業台の方へ移り、ビールをもう一本出して、木を削り続けた。

封筒を受け取った広介が、ちょっと頭を下げ、すぐにキッチンへ行った。夕食の当番は広介だった。きちんとそれに間に合う時間に戻ってくる。だから私は、なにも訊かない。

ルールさえ守られれば、それ以上の干渉など、お互いに煩《わずらわ》しいだけだ。

「川田君の分も作ってやれ、広介」

「サンマが三尾。一尾半ずつのつもりだったんだけど」

「じゃ一尾ずつだな。しかし悪いな。まあ、俺はそれほどの大食いじゃない。広介君も大変だな、このおじさんのめしの世話まで」

「食事は、輪番制ってことになってる。半分は私が作ってるよ」

「それじゃ、今度は森田さんの料理も食わなくっちゃな」

川田が、壁際に並べた木彫の人形に見入りはじめた。秋刀魚《さんま》を焼く匂いが漂ってくる。肉は焼くことがあっても、魚は焼かない。焼網も、広介が下の街で自分で買ってきたものだった。

食卓に並べられたのは、秋刀魚と、豚汁と、漬物だった。大根卸《おろし》もちゃんと用意されている。

「なかなかのもんだな、こりゃ」

川田がビールには手を出さず、いきなり秋刀魚に箸をつけた。

「殺人だったそうだ」

私はグラスのビールを空け、広介を見つめて言った。広介はなにも言おうとしない。箸の動きを止めただけだ。

「つまり、おまえの親父は、自殺したんじゃなく、殺された。口封じってやつだろう」

やはり、広介はなにも言わなかった。川田が、私と広介を見較べている。

私は箸を動かしはじめた。

じっと秋刀魚を見つめていた広介が、いきなり手摑みにすると、頭からむしゃぶりついた。骨の砕けるような音がする。あっという間に、頭から尻尾まで、背骨も残さずに食い尽してしまった。

「丈夫な歯だな、広介」

「これで気が済んだ。サンマを一尾、頭から食っちまうくらいのことでね」

川田が、呆気《あっけ》にとられて見ている。広介は無表情だった。

私はビールを飲み、また箸を動かしはじめた。

3

明り。

いや、火なのか。眼は開いていたが、躰は動かしていない。

暖炉の方だった。しゃがみこんだ広介が、なにかを燃やしている。私は音をたてず躰を起こした。広介の背後に立つ。

燃やしているのは、一万円札だった。

「豪勢な焚火じゃないか」

言うと、弾かれたように広介がふり返った。私は、壁のスイッチで暖炉のそばの明りをつけた。十四、五枚の一万円札は、燃やしてしまっているようだ。

「なにを考えてるか、わからんやつだ、まったく」

「俺の金を、俺がどうしようと勝手だろう」

「確かにな。こんなもの、紙っ切れといえば紙っ切れだ。だけど、おまえの親父は、この紙っ切れのために殺された、と言ってもいい」

広介は、しゃがみこんだまま、暖炉の灰に眼をやっていた。

「くやしいんだよ」

押し殺したような声だった。

「こんな紙っ切れのために、親父が死ななきゃならなかったと考えると」

「だからって、紙っ切れに八ツ当たりしてもはじまらんだろう」

「親父は」

広介は声を詰まらせた。

「親父はもっと、くやしかったはずだ」

嗚咽《おえつ》が入り混じった。大津が死んでから、はじめて見せる広介の感情らしい感情だった。

「勝手に泣いてろ。俺の暖炉で、金を燃やすことは許さん。気味が悪くて、焚火もできなくなる。山ででも燃やしてこい」

「なんだよ。あんた、親父の友だちじゃねえかよ」

「そうさ」

「それがなんだよ。酒ばっかり食らって、チョロチョロと焚火をして、それでくやしくもなんともないのかよ」

「殺されるなんて、大津も馬鹿だな」

広介が、いきなりカン高い叫び声をあげた。私に突っかかってくる。最初のパンチは、かわした。二発目を腹で受けた。膝が折れ、うずくまるような恰好になった。広介の足が飛んでくる。それを手で払いのけ、私は膝を立てた。

「なんだよ、ちくしょう。なんで、親父は死ななきゃなんねえんだよ。くやしくねえのかよ。酒ばっかり飲んでて、なにが友だちだってんだよ」

涙で顔をくしゃくしゃにしながら、広介がまた殴りかかってくる。肩と腹で、二発受けた。三発目のパンチをかいくぐり、私は広介のボディに拳を叩きこんだ。思っていた半分ほどの速さでしか動けなかったが、広介はうずくまって動けないでいる。

広介の気分が落ち着くのを、しばらく待った。午前三時を回ったところで、冷えこんでいた。私はガウンを着こみ、ストーブに火をつけた。

最初に鳩尾《みぞおち》に食らった一発が、しこりのようになってまだ残っている。久しぶりだ。五年ぶりくらいだろうか。

広介が、ようやく上体を起こした。

まだ涙を流し続けているが、興奮状態は過ぎたようだ。

「まったく、すげえ一発を食らわしてくれたもんだぜ。断っておくが、俺を本気にさせると、いまみたいに撫《な》でるような一発じゃ済まないぜ」

「ごめんなさい」

素直に、広介は頭を下げた。

「おじさんに乱暴する筋合いじゃない。それがわかってても、手と気持が止まらなくなっちまった。ごめんなさい」

「たまには、学校で喧嘩もやった口か」

「かっとするから。自分じゃ欠点だとわかってるんだけど」

広介は、さかんに掌で頰の涙を拭《ぬぐ》っている。私は、コップに水を一杯飲んだ。それが水であることに、広介は気づかなかったようだ。

「山に行って、木に体当たりなんかしても、どうしようもないんだ。死ぬ瞬間には、何度も、叫んだりしてみたよ。だけど、親父はもっとくやしかったと思う。はらわたが千切れるほど、くやしかっただろうと思う」

喋《しゃべ》ると感情が制御できなくなるのか、広介の眼からはまた涙が流れ落ちてきた。

「金を燃やしたのは、俺への当てつけだな」

「わかりません」

「よく考えてみろよ」

「おじさんは、なにやっても手応えがないんだ。煙草を喫っても、なにも言わないし、親父が好きだった料理ばかりを作ってみても、ただほめてくれるだけだ」

「料理がそうだったとは、気がつかなかったよ」

「俺がくやしい思いをしてるってことを、おじさんにわかって貰いたかったのかもしれない」

「俺も、くやしいさ」

口には出さない。態度にも出さない。胸にひめて、大津の記憶として抱き続ける。気持は、そういうふうに持っていくしかなかった。

広介が子供であることを、忘れていたのかもしれない。ひとりの男として、扱おうとしてきた。しかし広介には、それも負担になったのだろう。

ヤカンをかけ、ストーブの炎を大きくした。広介の涙は、ようやく止まったようだ。

「俺は、ひとつのことだけを知りたかったんだよ、広介。おまえの親父が、自殺したのか殺されたのかということだ。そしてそれは、きのう川田が知らせてくれた」

「それで、どうするわけ？」

「俺には、俺のやり方ってやつがある」

「だから、それは？」

「おまえには、関係ないことだ」

ヤカンの湯が沸いてきた。

私はコーヒーを二杯淹《い》れ、一杯を広介に渡した。広介が、奇妙な表情をしている。

「親父を殺されたおまえほどじゃないかもしれんが、俺もくやしい。だけど、叫んでも、暴れても、金を燃やしても、なんにもなりゃしないんだぜ」

「かっとしてしまうんだ。反省してるよ」

「明日、燃えカスを銀行に持っていけ。新しい札と替えてくれるはずだ」

「ほんとかな」

「そういう話を聞いたことがあるってだけのことだがな。試してみるのは悪くないぜ」

「そうだね。試すだけ試してみる」

コーヒーを啜《すす》った。

朝まで、多分眠れはしないだろう。最初の闘いがはじまる。夢の中にいるような気分で、ウイスキーに手をのばしてしまわないか。苦しまぎれに、冷蔵庫に飛びつかずにいられるか。

「親父は言ってた。おじさんはすごい人だって。ぼくは信用してなかった。酒を飲んでるか、焚火をしているおじさんしか、知らなかったから」

「どこにでもいる、飲んだくれさ」

「違ったよ。あんなパンチ、やっぱり普通の人には打てない。殴りかかったら、消えちまった。それからボディにドスンだ」

「こたえたか?」

「かなりね」

「俺もだ。最初の一発。どうってことないと思ってたのに、膝が折れちまったもんな」

「おじさんと、殴り合いができて、よかったような気がする。うまく説明できないけど、やらないよりましだったよ、きっと」

「俺に本気を出させるな」

「だけど息が続かないよ。親父もそうだった。途中で息があがって、もうやめだって言うんだ。自分じゃ散々こっちを小突き回しといて」

「勝負は、最初の二発だ」

大津は柔道をやっていた。やめると、空気を入れたように肥ってしまったのだ、と言っていた。私とはじめて会ったころも、八十五キロはありそうだった。最近でも八十キロ近くあったはずだ。

私がやったスポーツらしいスポーツと言えば、剣道だけだ。それも、大した腕にはならなかった。

「もう眠れ、広介」

「そうするよ」

気持さえ落ち着けば、コーヒー一杯飲んだくらいで眠れなくなることもないだろう。広介はカップを空けると、ベッドに這いあがっていった。私が下を、広介が上を使い続けている。

私は、もう一杯コーヒーを飲んだ。躰に、むず痒《がゆ》いような感じがある。しかし、どこが痒いというわけでもない。

じっと耐えた。耐えているしかないことは、わかっている。むず痒さが、ますますひどくなってきた。気にするからだろう、と自分に言い聞かせ続けた。

明りを消し、ベッドに入った。

かすかな体温が残っている。それに意識を集中した。眼を閉じる。躰の芯が、むず痒い。じっとしていると、ますますひどくなる。寝返りを打った。むず痒い部分が、動いたような気がした。しかし、もともとどこが痒いかはわからないのだ。

広介を起こそうかと思った。誰かと喋っていれば、いくらか紛れるかもしれない。

何度か、躰を起こしかけた。そのたびに、押さえつけてくるものがある。広介に相手をさせるのは、虫が良すぎるのではないか。ひとりで耐えるべきなのではないか。

冷や汗が出てきた。蒲団カバーで、私はそれを拭った。なにかを思い出しかけた。それが、具体的なものとして浮かんでこない。心まで、むず痒くなった。

いつ酒を断つか。それをずっと考えてきた。大津が、自殺ではなく殺されたとわかった日。悪くなかった。思いつきのようなものだ。そして決めた。食後に、ウイスキーの瓶にのびかかった手を押さえた。ずっと押さえ続けている。

決めたこと、というやつがある。決めた瞬間から、それを守るのが、生きるのと同じことだと思った。酒を断つ。簡単なことだ。

低い、呻《うめ》きに似た声をあげていた。広介を起こさなかったかどうか、瞬間私は気にした。

鼾《いびき》にしか聞えなかっただろう。続けさまにあげた呻きではない。

高がこれくらい、という気持がまだ残っていた。それがあるだけで、なんとかなるものなのか。

眠りが近づいてきた。

現実と繋《つな》がった夢。蒲団。ベッド。ただ、ベッドのある場所が違った。動物が沢山いる。その中に、ポツンと私のベッドがある。

襲いかかってくる動物がいた。そのたびに眼を閉じた。なにも起きなかった。動物は、私の躰を通り抜けて、反対側に立っている。なにが、何度襲ってこようと同じだった。襲ったものが、通り抜けてしまう躰を持つことができたのか。そう思った時、ベッドだけが見えた。そこに横たわっているはずの、私の姿はない。

見えているものが、不意に変った。映画館から映画館へ、いきなり移動したような気分だった。車が走っている。ランドクルーザーだ。後部に銃座が設けられ、機関銃が据えつけられている。それを誇示するように、ランドクルーザーが走っていく。

駄目だ。銃を見せるな。銃座があれば、兵器と見なされることになる。私はなにか、使命を帯びていた。多分、ランドクルーザーを兵器と見せない使命だ。だから焦っている。

運転している人間を引き摺《ず》り出して、殴り倒そうと思っている。

また、見えているものが変った。

小川。蛇。野いちご。私は少年だった。父も母も妹もそばにいる。ただ、帰るべき家がない。家がないということを、なぜか私だけが知っている。それを父母に知らせようとするのだが、どうしても言葉が通じなかった。

眼が醒めた。

広介が、朝食の仕度をしているもの音が聞えた。ひどい汗をかいていた。下着から、蒲団カバーまで、ぐっしょりと濡れた感じだった。

バスルームへ行き、私は冷たい水を浴びた。心まで、凍えてしまいそうだった。夢を、ひとつずつ洗い流していく。

新しい下着をつけた。

「おはよう」

広介と眼が合うと、どちらともなく言った。

4

走れるのは、せいぜい五十メートルだった。それから、呼吸を整えながら歩き、また走る。

何度、それをくり返したのか。

「どこまで付いていきても、俺は同じことをやってるだけだぜ」

広介に言った。

私になにかが起きかけている。いや、自分で起こそうとしている。それに気づいているのかもしれない。

いつもの散歩コースの山道だった。普通の人間よりも速く歩ける、と思っていたが、走ればこれほどひどい状態になるとは想像していなかった。

「若いやつらと違うんでね。少しずつ、躰を馴らしていくしかない。苦しいのにそのまま続けりゃ、心臓が破裂しちまうよ」

「なぜ？」

「いままで、激しく使っていなかったものを、またいきなり使おうってんだ」

「そうじゃなくて、なぜ、おじさんはこんなことをはじめたの?」

「最初に、自分と闘うのさ。俺ぐらいの歳になれば、そこが一番しんどい」

昨夜から、私が一滴のアルコールも口にしていないことに、広介は気づいているはずだ。なにもそれについて訊こうとしないが、私に付いてきた。

一時間かかるコースが、十五分縮まっただけだった。自分で予想していたより、十五分も遅い。

四十八歳という年齢は、自分で気づかないうちに、老人になっている年齢なのだろうか。私は走れるはずだった。筋肉も衰えてはいないはずだった。ところが現実は、歩くよりほんのわずか速いだけで、息も絶え絶えになっているのだ。

「裏の物置に、木刀が一本入ってる。斧《おの》なんかと一緒のところさ」

「持ってくるの?」

「俺は木刀だ。おまえは斧を持ってきて、薪でも割ってみろ」

軽く、柔軟体操をした。それも、想像したよりずっと惨めだった。

思った通りにできたのは、木刀の素振りだけだ。手を絞りこんで、振り降ろした木刀を、ぴたりと止めることができる。五十回続けると、さすがに息が乱れた。それでも構わずに、さらに五十回続けた。

気分が悪くなった。小屋の蔭にまわり、栗の木の根もとに、私は嘔吐《おうと》した。しばらく、うずくまっているしかなかった。冷や汗がひどい。立ちあがると、視界が暗くなってしまうのだ。

広介の、無駄な肉のない上半身を、夕方の光が照らし出している。汗がキラキラと輝いていた。振りあげられた斧。しかし、薪の割れる、小気味のいい音はしない。鈍く、なにかがぶつかるような音がするだけだ。

「貸してみろ、広介」

「大丈夫、おじさん？ ひどく顔色が悪いみたいだけど」

黙って、私は斧を振り降ろした。薪が、きれいに二つに割れた。毎日、これをやっていた。だから、木刀を振るのは平気だったのかもしれない。

さらに三本ほど割ってみせ、広介に斧を返した。

「コツを呑みこめばいいんだ。はじめて自転車に乗るようなもんさ」

言い捨てて、私は部屋に入った。まず、水を浴びる。冷蔵庫を開けたが、ビールに手はのばさなかった。押さえこむという感じがなくても、手はのびていかない。

野菜のジュース。缶入りだが、ジューサーがあるので、自分で作ることもできる。

もともと、私は肥っている方ではなかった。中年肥りの気配も、腰のあたりにあるだけだ。それでも、体重を五キロ減らそうと思っていた。それも、一週間の間にだ。

「やっぱり、うまく割れなかったよ」

広介が、汗を拭いながら入ってきた。

「ある時、信じられないほど簡単に割れる。するともう、割れるのが当たり前ってことになるんだ」

「手がね。痺れて持っていられなくなるんだ」

「三日やろう。その間に、できるようになってみろ」

「三日」

「俺は、躰を引きしめなければならん。ブヨブヨなのさ。多分、アルコールだな。三日もすれば、躰から完全に抜けるはずだ」

「俺は、三日で薪を割れるようになるよ」

私がなにをする気なのか、広介は訊こうとしなかった。ただのトレーニングだとは、匆論思っていないだろう。

夕食は肉を焼いたものを少量と、パン一枚。それにコーヒーだけだった。広介も、不服を言いはしなかった。

夜になると、私は木彫に集中した。武人像が、ほぼ完成に近かった。

眠ったのは、午前一時を回ったころだろう。浅い眠りだった。いやな夢を見ては、すぐに眼醒めた。そのたびに、冷や汗をかいている。

高校生のころに、剣道部で友人だった男が、肺結核にかかった。合宿に行った時、それこそ搾《しぼ》れるほど寝汗をかくのだ。あまりの汗のひどさで、耐えられなくなって病院に行ったのだった。盗汗《とうかん》だとさ。その友人は、気軽にそう言った。聞き馴れない言葉で、しばらく私たちはそれを使った。盗汗に悩んでいた男は、それきり稽古には出てこず、学校も休学した。肺結核だったと聞かされたのは、かなり後のことだった。

私の汗も、盗汗に似ていた。

夢と汗で、私は六時には起き出していた。昨夜のような、転げ回るようなむず痒さには、ほとんど襲われていない。

躰が強張っている。特に腿《もも》のあたりがひどかった。私は、小屋の周囲を、早足で何度も歩いた。多少だが、それで強張りはほぐれた。

薪を、十本ほど割る。気持のいい音がした。きのう、広介が割ろうとして割れなかった薪が転がっている。直径が五十センチほどの丸太で、斧の痕がいくつも付いていた。ひと振りで、タチ割った。半分のものを、さらに半分に割っていく。

この程度の運動では、ほとんど汗をかかなかった。部屋へ入り、広介が用意した朝食をそそくさと食べた。卵がひとつ。レタスのサラダ。コーヒーとパンが一枚。

あまり喋らなかった。自分の分を食べ終えると、私は手早く片付けた。広介が、慌てて自分の食器を持ってくる。

部屋の掃除。はじめようとした広介を、私は止めた。これまで、毎日舐《な》めるように掃除をしていた。やらなければならない、重要なもののひとつだったのだ。いまは、ほかにやらなければならないことがある。掃除など、三日に一度で沢山だった。

「俺は裏の木を一本倒す。おまえは、薪割の稽古でもしろ」

「わかった」

「しばらく、おまえの親父の話題は禁止だ。おまえも俺に泣きを入れる時、親父の話なんか出すな」

「なぜ?」

「喋ってなくちゃ、いなくなっちまう。俺にとって、大津はそんな男じゃない」

「わかったよ」

「俺は、いま俺のことで精一杯だ。ガキの面倒まで気が回らん。好きにやってろ」

「いままでだって、好きにしてたさ」

広介が、煙草をくわえて火をつけた。それを無視し、私は外へ出て木刀をとった。重さが五キロある。先の方が太くなっていて、握りの部分だけが、ちょうどいいように削りこまれている。

裏に一本、目障《めざわ》りな木があった。柿の木である。ついこの間まで、実をつけていた。鳥が集まってくる。それはいい。夜中に、実が落ちる音が好きになれなかった。熟れた実だけが落ちるとはかぎらない。青い実が落ちることもあるのだ。

斧を使えば、簡単だった。直径が十二、三センチの幹である。木刀で倒そうという気になったのは、無理かもしれないと思ったからだ。とにかくやってみる。何日かかろうと、やってみる。ほんとうに無理なのかどうか。柿の木を倒すのではなく、別のなにかを試すような気分だった。

木刀を振りあげる。地上から七、八十センチのところ。思った通り、振り降ろすことができた。袈裟《けさ》がけに打ちこむ。幹木の左右の皮がささくれ、やがて破れ、白い木肌がむき出しになった。さらに打ちこんでいく。五十回。肌に汗が滲《にじ》みはじめていた。

呼吸を整えて、次の五十回。額の汗が、顎《あご》の方へ流れ落ちてくる。

五十回単位で、何度くり返しているのか、自分でもわからなくなった。倒れ、胃の中のものを全部吐き出し、それから木刀を振った。

また倒れたが、吐き出すものはなにもなかった。立ちあがれなかった。気を失っていたのかもしれない。全身の汗がひいていく冷たさで、気づいた。

広介がそばに立っている。煙草の煙が、小屋の方に流れていった。

「昼めしだけど、食える？」

「多分な」

「ついていけねえな。ランニングぐらいなら付き合えるけど、木刀で柿の木を倒そうなんて」

「ついてこい、なんて言った憶えはないぞ」

「わかってる。おじさんはいつもそうなんだ」

昼食はスパゲティだった。麺《めん》もちゃんと茹《ゆ》であがっていた。味も悪くない。

「おまえの志望は、コックか？」

「必要に迫られてやってるんだ。いまだってそうだよ」

半分で、私はやめにした。残した分も、広介は平らげる気でいるようだ。私はコーヒーを淹れた。フィルターペーパー。豆を買ってきて、自分で挽《ひ》いていたこともあった。いまは、缶入りの粉を買ってくるだけだ。

「薪割るの、やめちまったのか？」

「おじさんみたいに、むきになってやろうとしてないだけだよ。明日一日、時間はあるわけでしょう」

「三日経って、それでもできなかったら、根性がないってことだ」

「根性ね。そんなもん、死語だと思うけどね」

「そんなことを言いながら、根性のあるやつに負けて、そいつの下で生きるようになるのさ」

「おじさんの生活じゃ、説得力はない。なにを考えて生きてるんだろうと、ぼくは前から思ってるよ」

自分の可能性を捨てるということの意味が、広介にわかるはずもなかった。捨てなければならない時が、人生にはあるのだ。その時、私は捨てることができた。代償もなにもなく、それができたのではない。代償のひとつが、酒だった。

ランニングにだけは、広介も付いてきた。きのうと同じような走りしかできない。小屋の裏で倒れるのならまだしも、山の中で倒れれば、村の人間が大騒ぎをするだろう。半分面白がった騒ぎだ。

登りのつらさが、躰にはっきりと感じられる。きのうは、夢中で途中からなにもわからなくなった。小屋へ戻ってきたのは、四十分後だった。きのうより、五分縮まっている。

積みあげた丸太に寄りかかって、私はしばらく動けずにいた。

「いきなり躰を鍛えようったって、無理な話だよ、おじさん」

「躰を鍛えようって気はない。もともと頑健だしな。俺には搾《しぼ》り出さなきゃならないものがあるんだ。アルコールさ」

「もう抜けてるよ。全然匂わないし」

広介が煙草をくわえ、ジッポで火をつけた。ジッポの使い方は、なかなかさまになっている。

「躰の芯まで、ブヨブヨにふやけてる。そこから搾り出さなきゃな」

「無茶をやってるような気がするけどね。言ってもやめない人だってことは、これまでの付き合いでわかってる」

「俺に説教は、十年早い」

「そうだね」

「学校は行きたくないのか、広介?」

「別にいいよ。街の本屋で、参考書を何冊か買ってきてあるし」

「ほう。ただの不良ってわけでもないんだ」

私は、腹筋と腕立伏を交互に十回ずつ、五度くり返した。広介の姿は、いつの間にか消えていた。

木刀を執る。柿の木。いくら幹に打ちつけても、もう落ちてくる葉もなかった。五十回打ちこんで、ひと息入れる。そのペースは崩さない。ただ、途中で何度目のくり返しなのかわからなくなる。そして倒れた。

自分で起きあがった。柔軟体操をし、丸太を二本鋸《のこ》で切った。

夕方。いつの間にか広介は戻っていて、夕食の仕度をはじめていた。

「俺の番じゃなかったのか？」

「いまのおじさんにやらせたんじゃ、俺が栄養失調になっちまう。だから、しばらくは俺がやるよ。その内、どこかででかいステーキでも食わしてくれればいい」

「そうか」

バスルームへ行った。水を浴びるつもりだったが、風呂が沸いていた。熱い湯に、全身を浸す。ガスを燃やし放しにした。耐え難いほど熱くなってくる。それでも、私は湯の中にじっとしていた。躰から、なにかが溶け出していくような気がする。

出てしばらくの間、私の皮膚から水滴がプツプツと吹き出していた。汗とは思えなかった。躰に溜った澱《おり》のようなものが、水に溶けて吹き出している。そんな気がした。

夕食の時、広介はいきなりウイスキーのボトルを持ってきて、オン・ザ・ロックを作り、私の眼の前で飲みはじめた。試すような視線を、時々送ってくる。

私は無視していた。ほとんど、広介がそこにいないように振舞った。

夜中まで、木彫にかかりきりだった。武人像を仕あげ、次にかかった。丸太のままで、なにが出てくるのか私にもわからない。

広介がかけるCDプレイヤーの音も、大して気にならなかった。広介の音楽の趣味は、むしろ私と合っているのかもしれない。

ベッドに入る前に、鈍くなったナイフを二本研いだ。すぐに眠った。午前二時ごろ、躰がむず痒くなって、一度起きあがった。そうすると、むず痒さは消えていった。

七時まで、私は一度も眼醒めなかった。

5

三日目の私の状態は、まったくひどいものだった。柿の木は、ささくれてはいたが、まだ倒れそうもなかった。途中で、どうしても木刀が持ちあがらなくなった。多分、前日の半分の回数も振り降ろしてはいないだろう。

ほかのことも、すべて同じだった。ランニングでは、戻ってくるまでに五十分かかった。腹筋も腕立伏も、五十回ずつで精一杯だった。丸太を鋸で切る力など、残ってはいなかった。

口数が少なくなり、ほとんど広介とも口をきかなかった。

木彫にかかった。次第に、彫っているものの姿が見えてきた。女だ。最初にそう思った。するともう、削りかけの丸太は、女の躰にしか見えなくなった。

ベッドに倒れこんだのは、十二時過ぎだった。

四日目は、もっとひどかった。

ほとんど躰が動かなくなった、と言ってもいい。木刀は持ちあがらなかったし、ランニングでは、戻ってくるのに一時間かかった。まともにできたのは、腹筋と腕立伏だけだった。

木彫も、ひと削りするのに、ひどく時間がかかった。ナイフが鈍くなっているというわけではない。手が、いつものように細かく動かないのだ。

躰の中のなにかが、入れ替ろうとしているのが、はっきりわかった。別の人間として入れ替るのか。それとも、生きているものが死と入れ替るのか。

ここで死ねば、それまでの命と思い定めるしかなかった。死を拒もうという気はない。それとも、この程度で死を考えるのは、大袈裟なのだろうか。

四十八歳の肉体。なにかが蘇《よみがえ》るのか。蘇るものさえ、失われてしまっているのか。試す、という気持はなかった。自分がそうしたいから、しているだけだ。

五日目の朝。

ベッドを這《は》い出して私が最初にやったのは、トイレにうずくまって、胃の中のものを吐き出すことだった。昨夜、わずかばかり口にした食べ物の残りではなかった。黒っぽい、タールのような塊だ。血なのかと思ったが、よくわからなかった。次に吐き出したのは、酸っぱい液体だった。のどのあたりに、その酸っぱさが絡みついて離れない。

私は、キッチンでコップに五杯ほど、続けさまに水を飲んだ。それからもう一度トイレへ行き、のどの奥に指を突っこんだ。噴き出すという感じで、水が出てきた。のどの酸っぱさは消えていた。

躰の調子がひどく悪くなったのかどうか、よくわからなかった。朝食はほとんど口にせず、野菜ジュースをちょっと飲んだだけだ。

外に出て、躰を動かした。体操などというものではない。リハビリをやっている、老人病の患者のようだ。それでも、手は挙がるようになった。腰も動くようになった。

時間をかけて、ゆっくりほぐしていく。汗は出ない。途中で、呼吸だけ苦しくなった。深呼吸をくり返す。それからまた躰をほぐす。背中のあたりで、ポキポキと小気味のいい音がした。

一時間ほどそうしていると、躰はすっかりやわらかくなった。けだるいような感じが残っている。いや、そういう感じが新しく現われたのか。

木刀を執って、柿の木にむかった。振りあげる。振り降ろす。無駄なところに、まったく力は入っていない。打ちつけた瞬間、掌に来る衝撃を、握りをわずかに緩めることで逃がすことも、自然にやっていた。

意外に簡単に、五十回振れた。ひと息入れ、また五十回くり返す。幹の、ささくれた部分が、かなり深くなってきた。

柿の木も、生きているのだ。だから闘いだった。私の内部に残っているなにか。命の炎のようなもの。それが、地に根を張って生きようとしている樹木の命と、直接ぶつかり合っている。

気づくと、煙草をくわえた広介が眺めていた。肌は、かすかに汗ばんでいるだけだ。

「昼めしだよ」

私の視線を受けて、広介が言う。私は最後の五十回を打ち終えると、軽く体操をした。

広介は、くわえ煙草でまだ眺めている。

「いい加減に、やめた方がいいと思うけどね」

「そうかな」

「自分の顔、鏡で見た方がいいよ」

「それなら、見てみようじゃないか」

小屋に入り、私は髭《ひげ》を剃る時に使う、雑誌大の大きさの鏡を覗《のぞ》きこんだ。

頬がこけ、眼だけが異様な光を放っている男。それが私だった。のびた髭の、半分ほどは白い。髪にはあまり白髪はないのに、髭が白いと、ひどく年寄りじみた感じだった。落ちくぼんだ眼が、それを助長している。

「ひどい顔でしょう」

「そうだな」

これほど、変っているとは思っていなかった。老人に見えることが、一番ショックだった。かなり長い時間、私は鏡の中の自分とむき合っていた。

ひとつだけ、顔の中になにかを見つけた。

それがなにか、私はしばらく眼を凝らしていた。けもの。老いてはいるが、確かに鏡の中には、けものが映っている。

なにかが、蘇っている。昔、持っていたものとは異質だとしても、確かになにかが蘇っている。表層に出るものは異質でも、その底には、同じ心がある。

「第一ラウンドは、勝ったような気がする」

「そんな顔になりたかったわけ？」

「顔が問題じゃないさ」

食卓についた。出されたのは、熱い雑炊《ぞうすい》だった。茶碗に二杯、私はそれを食べた。皮膚がかすかに濡れている。それが汗であることに、私はしばらくして気づいた。

一時間休んで、ランニングをはじめた。

どこで走れなくなるか。どこで歩いてしまうか。測るような気持で、私は坂を走り続けた。信じられないことだが、私は走り続けたまま、小屋へ戻ってきた。

三十分だった。一緒に走った広介は汗まみれになっているが、私の躰はかすかに汗ばんでいるという程度だ。

すぐに、鋸を持ち出し、丸太を切った。それから、十本ほど薪を割る。

広介は、三日経っても四日経っても、薪が割れるようにはなっていない。私が薪を割る様子を、離れたところから横眼で見ていた。

「結局、根性に負けたってことだぜ、広介」

「おじさんは、三年も年季を入れてるんじゃないか」

「誰に教えられなくても、俺はできるようになった。おまえは、俺が割るのをそばで見ていられるんだぞ」

「だから？」

「負けたと認めろよ」

「時間は、かかるかもしれない。三日じゃ駄目だったけど、一週間で、十日で、できるかもしれない」

「おまえは、一日何本の薪に挑戦している？」

広介が煙草に火をつけた。なにも言わず、私に背をむけて歩み去っていく。

それ以上広介には構わず、私は腹筋と腕立伏をはじめた。それから入念な柔軟体操。躰から、アルコールはすっかり抜けている。しかし、心から抜けたかどうかはわからない。心の芯が、まだアルコールでブヨブヨかもしれないのだ。

木刀を執った。ただ構える。じっと、先端に神経を集中させる。五分、十分。続けていると、必ず先端が不安定になってくる。学生のころ、私はこれを三時間やったことがある。体力も気力も必要だった。

すぐに、先端が振れはじめる。意識し、静止させようとすると、さらに振れは大きくなる。せいぜい十五分といったところだ。それでも、ついこの間までの私なら、三分もできはしなかっただろう。やろうという気さえ起こさなかったはずだ。

先端が振れても、私は構えを崩さなかった。無理に振れを押さえようともしなかった。振れは、ある程度以上、大きくはならなかった。一時間、その状態を続けられただろうか。見えない糸でそっと引っ張りでもしたように、木刀は少しずつ下がっていき、やがて地面に落ちた。

全身に汗が滲《にじ》んでいた。激しい運動というわけではないのに、呼吸も乱れている。

夕方、熱い風呂に入った。痺れるほど熱くしても、私は耐え続けた。出た時は、一瞬視界が暗くなった。

缶入りのポタージュのスープを温めたものと、焼いた肉。それにパンと牛乳の夕食だった。

広介と同じくらいのスピードで、私は皿を平らげていった。ただし、量は半分程度だ。このまま、寝てしまえるというわけではない。仕事は残っている。

丸太を削っていく。女の躰。もう、そう言えばそうだと、見る人間が思ってくれるかたちになっているだろう。

私が木彫にとりかかっている時、広介は黙って本を読んでいる。なんなのか、見たことはない。本と無縁の生活をしてきたというわけではないが、いまの私に活字は必要なかった。

十一時には、睡魔に襲われた。

眼醒めたのは、七時だ。途中で、一度も眼を醒さなかった。むず痒さは、どこにも残っていない。

トイレに行ったが、吐気も襲ってこなかった。それどころか、空腹感さえある。躰を動かした。少々のことでは、汗は出てこない。空腹感が募《つの》るばかりだった。

トーストとサラダの朝食。

「焚火、やってないね」

「中止さ。燃やしたはずの薪が、俺の分だけでもう三十本たまっている。おまえのも入れると、六十本だな」

「どうするの、それ？」

「いつか、一度で燃やしてしまおう。トロトロとやる焚火じゃなく、盛大に、唸《うな》りをあげるような焚火をするか。おまえら、キャンプファイヤーなんかで、そんなことするんじゃないのか」

「そのうちだねえ」

広介は、あまり関心を持ったようではなかった。薄いコーヒーを一杯飲んで、私は外に出た。このところ、晴れた日が続いていることに、はじめて気づいた。

いつものように躰をほぐす。それほど苦痛ではなくなった。思わず呻きが出るのは、はじめだけだ。

木刀を執った。柿の木にむかい合う。眼を閉じた。それでも打つ場所は間違えなかった。五十回。数も、躰が覚えているという感じだった。あと何回、と思いながら耐えることもなかった。気づくと、五十回振っていた。柿の木のささくれは、大きくなっている。そこから水分が滲み出して、木刀の色も変っていた。五キロの木刀。ちょっとした丸太ほどの太さがある。樹液がしみついて色が変っただけで、木刀に傷みはない。

柿の木は、まだ生きているのだろうか。

俺の庭の木になっちまったのが、おまえにゃ不運だったよな。木にむかって話しかける。斧で手軽に倒そうと思わなかっただけ、ましだと思ってくれよ。はじめにおまえとむかい合った時、倒せるという気はしなかった。ただ、倒すしかないと思い続けただけだ。

柿の木が、答えるはずもなかった。

何年、生きた木だったのだろうか。それほどの老木ではない。これくらいなら、青年なのかもしれない。うんざりするほどたわわに実をつけるところを見ると、生命力は強い木に違いなかった。

幹はえぐれたようにささくれているが、まだしっかり立っていた。その姿に、私はかすかな親しみさえ抱きはじめている。

さらに五十回。時折、視界が暗くなった。なにも見えない。眼を閉じているようなものだ、と私は自分に言い聞かせた。

気づくと、倒れていた。何度目かに、視界が暗くなった時だ。

立ちあがった。木刀はしっかり握ったままだった。五十回の打ちこみを、何度くり返しただろうか。倒れたのは、一度だけだった。

軽い体操をした。掌の皮は、最初の日に破れた。血も滲んでいた。それも、いつの間にか塞《ふさ》がっている。

部屋へ入った。

広介はいなかった。私は冷蔵庫を開け、二人分のチャーハンを作った。私の食べる量は、相変らず少なかったが、食欲がないというわけではなかった。

一時を回ったころ、広介が戻ってきた。街のスーパーの紙袋を抱えている。トレーニングウェアだった。

「ランニングくらいは、まあ付き合ってやろうと思ってね」

広介が一番自信を持っているのが、ランニングなのかもしれない。着替えると、すぐに準備運動をはじめた。

「薪割じゃ、俺に勝てんと思ったわけだな」

「それだって、すぐに勝てるようになる。あれは、多分要領だけだから」

二時から、走りはじめた。

走れるところまで走り、駄目になったら歩く。私はそのつもりだった。ただ、きのうは全コースを走り続け、三十分しかかかっていない。

広介は、はじめ私と並んで走っていたが、途中から先に立った。広介との距離が、十メートル、二十メートルと離れていく。私は同じペースで走り続けた。ひどく苦しくならない、限界のところ。だから、走っているのが快適でさえあった。躰が、とても軽いものに感じられるのだ。

広介は、もう樹木の蔭に入ったりして見えないことの方が多かった。下り、長い登り、それからまた下り。

広介の背中が見えた。意外に、五十メートルほどの差しかついていない。広介がふり返った。下りは、全開で突っ走っていくという感じだ。すぐに百メートル以上の差がつく。しかし、登りになると極端にスピードが落ちた。ジリジリと、広介の背中が近づいてくる。登りでは、広介は何度もふり返り、私との差を気にしている。額の汗が、陽の光をキラキラと照り返しているのが、私のところからはっきり見えた。

長い登り。道は曲がりくねっている。急なカーブを曲がったところで、私は眼の前に広介の背中を発見した。せいぜい十五、六メートルだ。すぐに並んだ。そして抜いた。私が速くなったのではない。広介が遅くなったのだ。

そのまま、抜き返されずに坂を登りきった。どこかで抜き返してくる。そう思ったが、私はふりむきもしなかった。自分のペースで走るだけだ。下り。やはり抜かれなかった。

小屋が見えてきている。

抜かれずに、私は小屋の前に到着していた。二十三分だった。ふり返ったが、広介の姿はなかった。

私は軽い体操をはじめた。五分ほどして、広介は歩いて戻ってきた。

「途中で、馬鹿馬鹿しくなっちまってさ」

広介の額には、まだ汗の粒が浮かんでいる。なにも言わず、私は体操を続けた。

私に抜かせたのは、わざとだろう、と思っていた。一度抜かせ、ゴール寸前でこれみよがしに抜き返す。そんなふうに遊ばれているとしか考えられなかった。四十八歳の私が、十六歳の少年と競い合えるわけはないのだ。

信じられないことだが、私は勝ったようだった。勝ち負けなど、もともと私の頭にはなかったが、広介の表情には、明らかに負けた者の暗い色がある。

腹筋と腕立伏をやった。五十回ずつだったものを、七十回ずつにした。立ちあがった時、また視界が暗くなったが、倒れはしなかった。

薪を割り、木刀を構えた。すべてのテンポが、きのうより速くなっている。

部屋に入った。

広介はベッドに寝そべって、本を読んでいた。私は風呂を沸かし、昼の残りのチャーハンを炒め直し、卵を四つ使って、ハム入りのオムレツを作った。

6

夜中に、広介が起き出していくことが二日続いた。

足音は忍ばせている。まるで泥棒のような出ていき方だが、広介がベッドで上体を起こした時から、私は眼醒めていた。

外でなにをやっているかは、かすかに聞えてくるもの音でわかった。薪を割ろうとしているのだ。二時間近く、続けていた。夜明け前に戻ってくる時は、汗の臭いと一緒だった。ランニングで私に負けたのが、よほどくやしかったのだろうか。

あれから、私は視界が暗くなって倒れるようなこともなくなった。疲れが、少しずつ抜けていくという感じなのだ。ただ、ランニングの時間は、もう縮まらなかった。それでよかった。記録を作るために走っているのではない。一時間かけて歩くところを、三十分で走れればいいと思ったのだ。それが、二十五分で走れる。

いつものように、朝食を終え、柿の木とむかい合おうとしていると、広介が呼んだ。斧を握っている。三本の薪をたて続けに私の前で割ってみせた。要するに、コツを摑んだのだ。私に眼をむけ、広介が白い歯を見せる。

やったじゃないか。言おうとしたが、言葉より手がさきに出ていた。広介の握った斧を右手で握る。太い薪を立てる。片手で打ちこんだ。呆気ないほど簡単に、薪は二つに割れた。これまでずっと、やろうとしてもできなかったことだ。もう一本試してみた。やはり小気味よく割れた。

斧を広介に渡し、木刀に持ち替えて、私は柿の木の前に立った。

倒れる。そういう予感があった。

構えた。打ちこむ。したたかな手応えが返ってくる。生きてるんだな、おまえは。打ちこみながら、柿の木に語りかける。大したもんだよ。もう、十日もこうやって付き合ってるじゃないか。友だちみたいな気がしてきたぜ。

風が強かった。冬の乾いた風だ。頭上で、時々ヒュッと鳴っている。五十回、打ちこんだ。呼吸を整え、さらに五十回。

三度目の呼吸を整えている時、広介が煙草をふかしながら、私のそばへやってきた。どうしても柿の木が倒れないことを、確認でもしたくなったのか。

構えた。眼は閉じていた。柿の木の命が、構えた私にはっきりと伝わってきた。五度、十度。打ちこみ続ける。

いきなり、なにかが裂けるような音がした。風がなにかを吹き飛ばしたのか。そんな気がした。音は続いている。眼を開けた。柿の木が地面に倒れようとしているところだった。わずかだが、大地が震動したような気がした。柿の木は、雄々しく倒れてくれた。私はそう思った。残酷な倒し方だったかもしれない。しかし闘うには、こうするしかなかった。

私はしばらく、柿の木のそばにしゃがみこんでいた。折れ口は、兇暴な力でヘシ折られたように、ひどくささくれている。鋸を持ってきて、私はそれをきれいな切り株にした。

広介の姿は、いつの間にか見えなくなっていた。

午後も、いつものように走り、筋力トレーニングをし、木刀を構えた。夕食は、夕方戻ってきた広介が作った。

「おまえの親父の骨だが」

食卓にむかい合った時、私は言った。

「親父の話はしないんじゃなかったの」

「柿の木が、倒れた」

「そうか、なんでも自分勝手なんだ」

「とにかく、おまえの親父の骨は、松山の墓に入れてやらなくちゃならん。墓はちゃんと寺にあるそうだ。川田が調べてくれた」

「わかったよ」

「俺も、一緒に行きたいんだ」

「えっ？」

私が一緒に行くと、広介ははじめから思いこんでいたようだった。柿の木がいつまでも倒れなければ、私は広介ひとりをやるつもりだった。

「寺と連絡をとってみろ。おまえがやるんだ。番号は控えてあるからな」

「わかった」

「飛行機の手配なんかは、俺がやっておくよ」

「金は？」

「それくらいのもの、俺にもあるさ」

「俺、金持ちだよ。三百万以上持ってる。マンションが売れりゃ、何千万って金も入ってくるし」

「おまえには、これからも金が必要さ。そのために、親父が残した金だと思え」

「おじさんのところに、厄介になってる金は、払わなくちゃなんないだろう」

「口を引き裂くぞ、広介。小金を持ったぐらいで、生意気なことを言うんじゃない」

「だって、俺は借りを作るのはいやだよ」

「おまえ、親父に生活費を払ってたのか？」

「いや」

「じゃ、俺もいらん。俺は、おまえの親父の代りだからな」

「勝手に、そう決めて貰いたくないよ。親父は親父だ」

「しかし、血の繫《つな》がりはない」

「知ってるの？」

「多分、おまえが親父から聞かされている程度にはな」

それ以上のことを、知っている。ただ知っているだけだ。広介は、私とではなく、大津と一緒に生きてきた。

「俺も、血の繫がりはない。そして、大津の代りを、しなくちゃならないのさ」

「なぜ？」

「友だちだからだ。もっとも、俺は不充分な代りしかできないだろうと思う」

「自分勝手なところなんか、親父にそっくりだよ」

めずらしく、広介がさきに席を立った。

食事を終えると、私はすぐに木彫の仕あげにかかった。裸婦像。そうなっていた。これが、私が作る最後の木彫かもしれない。仕あがれば、ほかのものと一緒に、温泉の土産物屋に運びあげる。やがて、誰かに買われるだろう。そのさき、大事にされるのか、埃《ほこり》を被《かぶ》るのかは知らない。

作りあげるまでが、私と裸婦との付き合いだった。

広介は、食事の後片づけをすると、ベッドで本を読みはじめた。どこかで灰皿を手に入れてきたらしく、寝そべったまま煙草をふかしている。

食前に、ビールやウイスキーを飲むことは、何日か前からやめていた。私に、なんの手応えもなかったからだろう。

裸婦の躰の表面を、一番小さなナイフで、薄く削っていく。削りとった木屑は、ほとんど透けて見えるほどで、裸婦の生きている皮膚を剝《は》がしたような気がするほどだった。

深夜に、私の裸婦像は完成した。

ある女に似ている。私だけがわかることだ。かつて愛した女。いや、あれはただの夢のようなものだったのか。二十年も前の話だ。この二十年の間、私はその女のことをほとんど忘れていたと言っていい。なぜ思い出したのか。なぜ、その女に似た木彫を彫ろうと思ったのか。自分でもわからなかった。丸太の中にそれが見えたというだけだ。

短い時間見入っただけで、私はそれをほかの木彫と一緒に部屋の隅に並べた。

翌日から、多少やることが違ってきた。

むかい合うべき柿の木は、もうなかった。私はそれを鋸で短く切り、割ればいいだけにした。カラマツの薪とは、色もかたちも違っている。

それが終ると、木彫の人形をジープに積みこんで、温泉地の土産物屋に運んだ。裸婦像だけは、土産物屋の主人はいやな顔をした。それでも買手がつくと考えたのか、ほかのものと同じ値段で引き取ってくれた。一体が五千円。十二体で六万である。

街へ出かけていたらしい広介が戻ってきたのは、夕方の五時すぎだった。すでに、暗くなりはじめる時間だ。

唇のところが、腫れあがっていた。スタジャンも汚れ、一ヵ所擦り切れたような感じで破れている。

広介が黙っているので、私は質問はしなかった。男なら、喧嘩沙汰に巻きこまれ、やってしまうことはある。何年も前の話だが、私にも覚えがあった。

夕食は、ホワイトソースを使ったグラタンで、鶏の肉が少し入っている。相変らず、私の食べる量は少なかった。酒を飲んでいた時と較べると、半分に減っている。摂取するカロリーは、それ以下だろう。

壊れかけた体重計でも、六キロ近く減っていることはわかった。

村の世話役の老人が苦情を持ちこんできたのは、八時を過ぎたころだ。広介の喧嘩についての苦情だった。

「喧嘩相手ってのは、下の街に住んでるんですね?」

「ひとりはね。もうひとりは、この村の者ですよ」

「ほう、相手は二人か」

「煙草を喫っているのを注意して、喧嘩になったといいますからね。おたくの息子さんの方が悪いでしょう」

「自分で文句をつけてくるんじゃなく、世話役さんに頼んだわけか」

「まあね。これがあたしの仕事みたいなもんだから。大したことはないです。ちょっと謝って貰えりゃね。できれば、菓子折かなんかと一緒に」

前歯の欠けた口でそれだけ言うと、老人は好奇心たっぷりという感じで、部屋を見回した。

「広介」

呼ぶと、広介はベッドから首だけあげた。

「降りてこい。聞えてただろう」

返事はなかった。黙ってベッドから降りて、作業台のそばの椅子に腰を降ろしただけだ。

「いまの話、間違いはないのか？」

「喧嘩はしたよ。生意気だからって言われたんだ。煙草なんか喫っててね。金を出せば、勘弁してやるとも言われた。二人だったけど、金を出すのはいやだったんで、そう言ったよ。そしたら、路地の方へ来いさ」

「わかった」

私は老人の方へむき直った。広介は、老人ではなく私を見つめている。

「聞いたでしょう」

老人が頷いて笑った。欠けた歯の間で、赤い舌が見知らぬ動物のように動いている。

「帰っていただけますか」

「はあ？」

「苦情を持ちこんだ二人には、卑怯《ひきょう》なことはしないようにとお灸《きゅう》でもすえてやればいいでしょう」

「あなたね、あたしが言ってるのは」

「うちの広介が悪いとは思えませんな。二人でかかった方が悪い。相手が二人だと、ひとりの方は必死になるしかないですからね」

「煙草を喫っておったんですよ」

「うちでも喫ってますよ。別に悪いことじゃない」

「知らんのですか。未成年は煙草を喫っちゃいかんのですから」

呆れ返ったという表情を、老人はしていた。歯の奥で、舌が毒ガスを吸った幼虫のようにのたうっている。

「法律じゃ、未成年の喫煙はいかん、ということになってますね。それは私も知ってますよ」

「それを注意して、喧嘩になったんですからな。二人は、怪我をしておりますよ。ひとりは前歯が折れてるし、もうひとりは眼のとこが腫れあがってます」

「彼らに、注意する権利は？」

「なんだって？」

「つまり、彼らに注意する権利があるのか、と訊いてるんです。彼らは警官じゃないし、学校の教師でもない」

「あんたそれはね」

「この村から下の街までの道、制限速度が四十キロですよね」

「それが、どうしたんですか？」

「誰も四十キロで走っちゃいない。大抵は六十キロ、ちょっと急ぐ時は八十キロは出してますよ。だけど、誰も注意しようとはしませんね」

「あんた、それとこれとは」

「同じだね。誰に迷惑をかけるわけでもない。街で一杯やった連中が、車で帰ってくる。そんなのは、この村じゃ当たり前のことじゃないですか。注意したら、変り者だと言われるのがオチだ」

詭弁《きべん》に近いということは、私にもわかっていた。しかし、相手のやり方にも言い草にも腹が立った。よそ者の高校生が煙草を喫っているのを見て、地元の高校生が因縁をつけた。

その程度のことに違いないのだ。

「警察沙汰になりますよ。相手の二人は怪我してるんですから」

「結構。その場合、二対一の喧嘩だったってことが、まずは問題になるでしょうな。煙草を喫ったかどうかということとは、まったく別問題だ」

「あんた、そんな理屈並べて、世間に通ると思ってるんかい」

「この村の中じゃ、通らないかもしれませんね。そんなのは、どうでもいい。とにかく、帰ってくれ。これ以上うるさくなるようだったら、この子の顧問弁護士に話をさせる」

「弁護士だって」

「生意気なやつでね。この歳でかなりの資産を持ってる。それを管理している弁護士もいる」

田舎の人間は、権威に弱いところがある。かなりの資産を弁護士に管理させている。それだけで、一週間は話題にも事欠かないだろう。

世話役という自分の立場に、老人がこだわっていることはわかった。戻ったら、話には尾鰭《おひれ》がついているだろう。自分がなにもせずに戻ってきた理由を正当化するためにも、大袈裟な話が必要なのだ。

「森田さんね。おたくだって、ひとりで生活してるわけじゃない。村の人間の助けがいることもあるでしょうが」

「だからって、理不尽なことに頭を下げるような生き方はしたくないんでね。広介がほんとに悪いんなら、謝りますよ。ほんとうに悪いというんならね」

「煙草を喫っててもいいっていうんだね、自分の息子が」

「誰に迷惑もかけなければね」

老人が立ちあがった。欠けた歯の間では、まだ赤い幼虫がのたうっている。

「手を見せてみろ、広介」

老人が出ていくと、私は言った。広介はポケットに手を突っこんだままだ。引っ張り出した。

甲に、かなりひどい傷があった。相手の歯で切った。そんなところだろう。傷はひとつや二つではなく、両手の指から甲にかけて傷だらけという恰好だ。

「素手でやったのか」

かすかに、広介が頷く。

「俺は感謝しないよ、庇《かば》って貰ったからって。悪いことはしてないんだ」

「庇ったつもりはない。おまえが卑怯なことをしてりゃ、やつらに言われる前に、俺がぶちのめしてるさ」

笑うと、にやりと広介も笑い返してきた。

汚れた食器は、すでにきれいに洗ってあった。私は、きのうまで使ったナイフを四本出した。どれも、まだ切れ味はいいが、微妙に鈍くなっている。

「ちょっと、借りていい？」

大型のカスタムナイフを、広介は手にとった。木片を切ってみて、声をあげている。高校生が使うナイフなどと較べれば、信じられないような切れ味なのだろう。

研ぎにかかった私の手もとを、じっと見つめている。入念に研いだ。

「俺は研いだよ、広介」

刃を砥石《といし》に押し当てたまま、私は言った。

「完全に錆《さ》びついちまってたが、研げるだけは懸命に研いだ。研げば結構研げるもんだということが、研いでみてはじめてわかった」

砥石の上を水で流す。仕あげ砥石だから、表面はぬるぬるしたような感触である。いつも研いでいるので、仕あげ砥石だけで充分だった。

「荒砥だったな。ザラザラした砥石がある。あれで研がなきゃ、刃物なのかどうかってこともわからないくらいだった。根気よく研ぎ続けて、切れ味もいくらかは戻ってきている。やっと、そんな気になれた」

広介と視線が合った。私は、ナイフをちょっと光に翳《かざ》して、曇りを確かめた。

「俺のことさ」

「そう」

「腐蝕して、かたちもなくなりかかったナイフだったよ」

私はもう一度ナイフを砥石に当て、軽く力を加えて動かした。

第三章

1

松山空港から、タクシーで市内とは反対方向に三十分ほど走った、小さな街だった。寺の所在はすぐにわかった。骨を抱えた広介と、位牌を持った私の二人きりだった。山の中の寺と言ってもいいような感じのところだ。大津から話は何度も聞かされていたが、この土地を訪ねるのははじめてだった。

「おまえも、はじめてか?」

広介が頷《うなず》いた。

寺にはそぐわない、若い住職だった。納骨を終え、経があげられている間、私はじっと燃えていく線香を見つめていた。供えられたささやかな花さえ、似合いはしない死だった。

広介は、じっと目を閉じている。

長い経が終った。

墓の前に、広介と二人でしばらく立っていた。

はじまった。なんだかわからないが、とにかくはじまった。私が、はじめられる状態になった。そう思った。なにをはじめるかは、これからのことだ。

「おじさん、親父とどういう友だちだった？」

不意に、広介が口を開いた。

「友だちだってのはわかってるけど、どういう友だちだったか、このごろ気になってきたんだ」

「わからんよ、俺にも」

線香の束が燃え尽きていたので、私は新しい束に火をつけた。

「今日は納骨だ。だから墓へ来た。骨は納めるしかないからな」

「普通じゃ、墓なんかには来ないわけ？」

「いつでも、墓の前に立てる男になりたい」

広介は、遠いところを見るような眼をしていた。そういう表情は、ひどく大人っぽい。

「駄目かな、それだけじゃ」

「わからないけど、親父はいい友だちを持ってたって気がする」

肩を軽く叩いて、私は広介を促した。

出払ったタクシーが戻ってくるのを、営業所の前で待った。この街には、三台しかタクシーはないらしい。群馬の山の中と較べると、驚くほど暖かかった。

「のどかなところだ」

「おじさん、これからどうする？」

「なにも」

「嘘だ」

「俺がなにかやったとしても、気にするな。俺は、俺のためにやるだけだろうから」

「墓の前に立てる男になるために？」

「俺は、少しでも昔の自分を取り戻すことに、懸命だったんだよ、広介。そしていくらかは、取り戻せたような気がしてる」

「わかってるよ」

「いまから、いろいろと考えるつもりだ。調べなくちゃならんこともある」

「俺も、一緒だろう？」

「ひとりでやろうと思ってることなんだ、広介」

ベンチに腰を降ろしている私たちの前を、小犬を連れた母子連れが通り過ぎていった。少女は、小犬に付いているのと同じリボンをしている。

「なぜ、ぼくが一緒だといけないの？」

「おまえがぼくって言う時は、ほんとにかわいらしくなるな」

「話をそらさないでよ」

ぼくと俺の谷間。少年と大人の谷間ということなのか。自分が大人だと思ったのがいつごろだったのか、私はよく憶えていない。父親を亡くしたのは二十三の時で、母親が死んだのは、それからさらに五年後だった。両方の葬式に、大津はやってきた。特に母親の時は、海外駐在だった私の代りに、息子がやるべきことをすべて大津がやってくれたのだ。

「答えてよ、おじさん」

「俺ひとりの胸に、しまっておける」

「親父のことで、なにか不名誉なことがわかると思ってるんだね」

「それだけじゃないさ」

広介は、じっと足もとを見つめていた。

陽溜りの、暖かい場所だ。広介のスニーカーの汚れを、夕方の光線がくっきりと照らし出している。

「おじさんから見ると、確かにぼくは子供かもしれない。なにをやっても、かなわなかったよ。いままでだって、親父に甘えてた。そりゃ二人だけで暮してたから、時にはいがみ合ったりもしてたけどね」

言葉を切った広介が、長目の髪をちょっと搔《か》きあげた。私は、転がっていた小石を、靴のさきで軽く蹴った。

「子供だけど、ほんとうのことを知ってもいい子供かもしれない。それで大人になれることがあるかもしれない。放っておいたって、ぼくはすぐに大人だよ」

もの静かな喋《しゃべ》り方だ。私は、もうひとつ小石を見つけて蹴った。

「胸にしまっておかなきゃならないものを、ちゃんとしまっておける。男ってのは、そういうもんだぞ」

広介が頷いた。私はまだ、迷っていた。もう、蹴る石は見つからない。のびた髭《ひげ》を、指さきでつまんだ。爪で挟んで力をこめる。かすかな痛みが走った。三本抜けてきた。そのうちの二本は、白かった。

タクシーが戻ってきた。

「なにがわかろうと、おまえの親父は親父だ。俺にとっちゃ、友だちだった大津広一さ」

「わかってるよ」

「よし、じゃ車に乗れ」

認めていた。私が調べることのすべて、やることのすべてを、広介に見せてやる。それを認めていた。心の底のどこかでは、そうしたかったのかもしれない。

「空港へ」

運転手がふり返ってにこりと笑い、車を出した。

東京で一泊することにした。

ホテルに入るまで、広介はほとんど口を利《き》かなかった。

「おまえ、煙草はどうした？　しばらく喫ってないじゃないか」

広介は、かすかにほほえみを浮かべただけだ。

「せっかく、喫煙席をとっといてやったのに」

私は服を脱ぎ、ブリーフひとつで、腹筋と腕立伏をやった。十回ずつでインターバルを置いて、それぞれ百回。躰《からだ》がほぐれたような爽快感《そうかいかん》がある。

「煙草、喫うのは悪いことじゃない、と言ったよね。誰にも迷惑をかけなきゃ、スピード違反をやるようなもんだって」

「公式の発言とは言えんがな」

「でも、言ってくれた。あれ、村長だろう」

「世話役さ。人生のトラブルは、すべて自分が解決する、というような顔をした年寄りが、どこにでもいるもんだろう」

「煙草を喫っていたのが、殴られるほど悪くないというなら、あの喧嘩はぼくは悪くない。二人がかりだったし、金を出せば許してやるとも言われたんだ」

「それにしても、二人を相手によくやったもんだ。因縁をつけてくるぐらいだから、むこうも腕に覚えはあっただろうしな。二人を相手ってのは、よほど実力に差がなきゃ勝てんよ。若いころ、俺にも経験があるが」

「あいつらを、相手にしてたんじゃない」

広介は、ベッドに腰を降ろして、靴下を脱いだ。

「自分の中のなにかを、相手にしてたんだと思う。どうしようもないような、やりきれないみたいな気分を、ぼくはあいつらにぶっつけたんだと思う」

「サンマを、頭から食ったようなものか」

「そうだね」

広介が笑った。

私はバスルームに入った。鏡に映った躰が、びっくりするほど痩せていた。衰えたのではない。多分、ひきしまったのだ。それでも、昔の躰とはまったく違っていた。歳をとると、ひきしまったと言っても、弱々しくしか見えない。

熱い湯を浴びた。

「俺はこれから、人に会わなくちゃならん」

「ぼくも一緒に行くよ」

「おまえは、ひとりでめしでも食ってろ。めしを食おうって約束なんでね」

「ぼくとの約束も、忘れないでほしいな。ぼくは、おじさんが約束してくれた、と思ってるよ」

「そうか」

頷いて、私は服を着た。会う相手は、川田だった。いきなり、大津の話になるはずだ。戻ってから、かいつまんで広介に話した方がいいと思っていた。広介が同席することが、いいことかどうかはわからなかった。川田も、喋りにくいことが出てくるかもしれない。

「行こうか、ホテルの近くだ」

泊るホテルを伝えたら、場所は川田が指定してきた。

「会う人は？」

ホテルの玄関を出た時、広介が訊《き》いた。

「川田君さ」

ホテルを出て、横断歩道を渡ってから、右に三百メートル。私が知っているころの新宿と、ほとんど変ってはいなかった。

「ぼくは、間違ってないよね、おじさん？」

「なにがだ？」

「親父のことを、もっとよく知ろうとすることさ。悪い部分も含めてね」

「間違ってると思うのか？」

「ずっと考え続けてきた。わからないんだ。あとで、ひどく後悔するような気もするし、絶対にやらなきゃいけないことだとも思う。要するにぼくは、誰かに絶対間違ってない、と言われたいんだろうと思うよ」

「その相手が俺ってのは、見当違いだ。俺はなにも言わんよ。やることが間違ってるのかどうか、自分でわかってやるやつがいるものか。できるのは、自分で責任をとる肚《はら》が据えられるかどうかってことさ」

横断歩道を渡った。こちらから渡っていくのは二人しかいなくて、十五、六人の人の波を、二つに割るような恰好になった。

「ひとつ訊いていい？」

「なんだ？」

「どうして、会社を辞めて、あんな山の中で暮しはじめたの？」

「責任をとる肚が据えられなかったからさ。だから、小さな責任だけをとった」

「小さな責任？」

「会社を辞めることだ」

「後悔してる？」

「するもんか」

「大きな責任をとる肚を据えられなかった、ということについてだよ」

虚を衝《つ》かれたような気分になった。止まりかかった足を、私は無理に前へ出した。

腕を組んだ男女と擦れ違った。男の方とかすかに触れた肩を、私は指で払った。後悔していたのか。その後悔が大きすぎて、ほとんど私の生活そのもののようになってしまったのか。それとも、忘れてしまったのか。

「わからんよ。よくわからん」

「安心した。大きな責任って、そういうものなんだ」

「俺はな」

「いいんだ、おじさん。ぼくは、自分が一歩踏み出すために、いろんなことを考えてみてるだけだから」

「俺で試すな」

目的の店の袖看板が見えてきた。

「もうひとつ、いいかな？」

「あまり、俺に頭を使わせるなよ」

「おふくろを、知ってるかい？」

「まあな。昔の話だが」

「いい女だった？」

不意に、その言葉が突き刺さってきた。いい女。十七年前に、大津がひと言だけ私にそう言った。口調の真剣さに、私は言い返すことができなかったのだ。

「いい女、だったよ。俺から見ても」

「そう。写真なんかも、ないんだよね」

いい女、だったのかもしれない。これだけ月日が経つと、見えるものは見えてくる。

「父親に当たるやつはさ」

「親父は、ひとりだけだよ」

強姦野郎さ。言いかけたところを、うまく広介の言葉が遮る恰好になった。

店の戸を押した。

川田はさきに来ていた。私の顔を見て、驚いた表情のまま、しばらく黙っていた。

「躰でも悪いんですか？」

「いや。多分健康だと思うよ」

「あれから二週間とちょっとか。急激に、痩せすぎじゃないのかな」

「減量したってわけさ」

小料理屋という感じの店だ。それを気取っているとも思える。料理の品数だけはありそうだった。私にくっついている広介を見て、川田は複雑な表情をしていた。

「納骨の帰りでね」

川田が頷き、煙草をくわえた。さすがに、ポケット瓶を灰皿代りにはしていない。

「広介には、すべてを教えてやることにした。本人も、覚悟はできてるそうだ」

「二週間の間に、なにがあったんですか？」

「私の躰が、軽くなっただけだよ」

「広介君、この間はサンマを頭から食っちまったんだよな」

「あの怒りが、まだ続いてるってわけだ」

広介は、黙って私のそばに腰かけていた。川田が勧めようとしたビールを、私は断った。

「はじめから、ウイスキーにしますか？」

「お茶でいい。それから食事を。焼魚と味噌汁でも貰うことにする」

「やっぱり病気なんだ。肝臓ですか？」

「そんなに、私を病人にしたいかね」

川田が肩を竦《すく》め、料理を註文した。広介が頼んだのは、私と同じものだ。

気を使っているのか、料理が運ばれてくるまで、川田は盛んに広介と松山の話をしていた。運ばれてきたのは、焼きたてとは言い難い魚だった。私が箸《はし》をつけるのを、川田がじっと見つめている。

「広介は、大津と血の繋《つな》がりのない父子だということを知ってるよ」

「らしいですね」

「だから、調べたことを全部この場で言ってくれていい」

頷き、かすかにふるえる手でビールを注ぎながら、川田はまた私を見つめた。

「アル中、そんなに簡単に治るもんですか?」

「その気になれば、なんでもできる。生きることを自分でやめてしまうことさえ、人間にはできるんだからね」

「俺も、ちょっとその気味がありましてね。これで法廷がなかったら、完全に森田さんと同じになってたでしょう」

ビールを呷《あお》った川田ののどが、ゆっくりと蛇のように動いた。

2

三道商会は、四谷の小さなビルの二階と三階にあった。一階は喫茶店になっている。

私は広介を伴って階段で二階にあがり、受付で大津と名前を告げた。受付と言っても、部屋に入ったところのデスクで、ただ受付という札が立ててあっただけだ。

書類から眼をあげた中年の女は、眼鏡を光らせて私と広介を見較べ、立ちあがって奥の席へ行った。

戻ってきた女は、私たちを応接セットに導いたが、そのまま席に腰を降ろし、お茶を出す気配でもなかった。

五分ほど待たされた。その間、事務所の中のいくつもの視線が、かなり不躾《ぶしつけ》に私たちを観察していた。

三雲は、額が広くなった、四十歳くらいの痩せた男だった。身長は一メートル八十に届きそうだ。

「私は名刺を持っておりませんで。この少年も持ってませんが、大津広一の息子の広介です」

「うちも、大津さんにはかなりやられましてね。もっとも、よそと較べると、大したことはないとも言えますが」

三雲は、暗い視線を広介の方にむけた。広介は無表情に見つめ返している。

「御用というのは？」

「実は、広介の通学鞄《かばん》の中から、封筒がひとつ出てきましてね。連帯保証人の名前が二つある契約書です。勿論契約者本人は、大津広一の名前ですが」

「ほう、通学鞄からね」

三雲は、それほど驚いたような表情ではなかった。広介が、ポケットから煙草を出すと、ジッポで火をつけた。それを見ても、三雲はかすかな笑みを洩らしただけだ。

「実はこいつは、高校に入った時から煙草をはじめましてね。学校のトイレなんかでもやってた。持ち物検査があるんですよ。それを逃れるために、通学鞄の中に巧妙な隠し場所を作ってましてね」

「ほう」

「親はそれを知ってました。さすがに親というところかな。私は群馬の山の中に住んでますが、広介が私のところを訪ねてきた時は、通学鞄ひとつをぶらさげてましたよ」

しばらく、三雲と睨《にら》み合った。さきに眼をそらして、三雲も煙草をくわえ、卓上ライターで火をつけた。

二階は二十人ほどの事務員で、奥にひとつガラス張りの部屋があり、三雲の席はそこにあるようだった。三階がどうなっているのか、わからない。

「それで？」

「教えておこうと思っただけですよ。その方がいいと思いましてね。東京地検に持ちこむことを考えてはみたんですが」

「あるはずがない、それが」

それがという言葉だけに、私は気を留めた。そんなものが、ではなく、それがなのだ。同じようでいて、どこか違う。微妙な言葉の交渉を、二十年以上もやってきた。三年ほど浦島太郎をしていたからといって、カンそのものは鈍っていないようだ。

「はじめは、なんだかわかりませんでしたよ。いまもよくわからん。ただ、私と広介が持ってたんじゃ、ただの紙だ」

三雲の痩せた顔が、ちょっとうつむいた。眼だけはこちらにむいている。額がとがって見え、どこか腺病質の気配があった。

「言いたいことは？」

「これだけですよ」

「これで終りというわけかな。できたら、その契約書らしいものを、拝見したいもんですがね」

「いずれ、時が来れば」

「その時というのは？」

「おたくで決めればいいことですよ。四、五日中に決めてください。私と広介は、明日あたり群馬へ帰るつもりです」

「連絡さきを聞いておこうか」

「こちらから、連絡しましょう」

「それはあなた、非常識ってもんじゃないかな。おかしな契約書があるなんて言われると、私も不安だしね」

「あなたが、それに関係してるとは、言ってません」

三雲の、かすかなミスだった。それに気づいたのか、三雲は軽い舌打ちをした。広介は、二本目の煙草の煙を吐いている。

私は腰をあげた。部屋を出、下に降りた。

「なんか、子供騙《だま》しみたいだよ、おじさん。ありもしない契約書なのに」

「契約書はある、と川田も言ったじゃないか。ただ、もうひとりの連帯保証人の見当がつかんだけだ」

「あったとしても、すでに処分されてれば」

「おまえの親父は、殺されてない」

「持ってたかもしれない。それを取りあげるために、殺したのかもしれない」

「だったら、時がかかりすぎてる」

タクシーを停めた。

次に行ったのは、青山にある大きなブティックだった。並べてあるのは最先端のものらしいが、私にはわからなかった。もともと流行に敏感な方ではなかった。その上、三年間の山暮しだ。

大津と告げると、奥の部屋に通された。

「佐川章子です」

四十一と聞いていたが、三十をちょっと出たくらいにしか見えなかった。章子の視線は、はじめから広介に注がれている。

「これが大津広介で、私は森田と言います」

「あら」

「名前ぐらいは、御存知のようですね」

「大津さんから、何度か。どこかの山の中で暮してをられるんじゃありません？」

「以前は、すごいお仕事をなさっていたとも聞いております」

「群馬ですよ」

着ているのは、多分高級なものなのだろう。指輪も腕時計も角度によってダイヤモンドの輝きが見えた。

ブティックを四店経営していて、ここが本店に当たる。大津との関係がいつからかは不明だが、少なくとも二年以上は続いていた。川田の調査は、能力のある興信所のものと較べると、かなり稚拙だった。それでも、これだけのことはわかっている。

かつて、興信所を駆使して、企業のオーナー社長を三人、徹底的に調べあげたことがある。食事をどこでするか。服はどこで作るか。ギャンブルの趣味はあるか。抱えている女の経歴はどうか。人生というやつが、かたちの上ではすべて暴《あば》かれ尽しているような報告書だった。

あれと同じものを、川田に望むのは無理というものだろう。川田には、大津の遺産に関する手続から、マンションの売却の手間まで、すべてを含めて十五万しか払っていない。

「君が、広介君ね。知ってるかな。あたしは君がいたおかげで、大津さんと結婚できなかったの。もっとも、あと四年経てば、結婚も考えていいと言ってたんだけど」

広介が二十歳になったら。そういうことだったのだろうか。

「誤解しないでね。恨んだことはないのよ。ただ、ちょっと悲しかったの。広介君の母親にはなれないって、判断されたようなものですものね」

「親父から、そんなことは一度も聞きませんでした」

「あなたが傷つく、と思ったのよ、きっと」

佐和子と同じくらいの歳のはずだ。容姿はずっと上だが、どこか自然なところがなかった。佐和子は、すべてが自然だ。田舎街で人の眼を気にするのも、ベッドの上で淫《みだ》らになるのも、結婚について諦めきってしまっているのも、すべて自然だった。

田舎街のスナックと、都心の最先端のブティックの違いが、これなのか。

「大変な日に遭ったわね。父ひとり、子ひとりだったのに」

「納骨を、きのう済ましてきました」

「葬式にもなにも、あたしは行かなかった。悪かったとは思うけど、行こうという気持が起きなかったわ。儀式には、あたしのような存在は不要ですもの。部屋で、ひとりでお酒を飲んでたわ」

「いいんです。ほとんど誰も来なかったし、ぼくもその方が気が楽だったから」

「ありがとう。やさしいのね、父親に似て」

佐川章子に会う、具体的な用件があるわけではなかった。大津の女を見にきた。私の気分としてはそうだった。

「納骨を機に、いろいろ整理をしなきゃなりませんでね。最後の時の大津の状態は、悪くもなかったが、良くもなかった。そんなところでしょう。会社の方は、弁護士が全部やってくれてるようですが、こちらで整理するべきものは、なにもありませんか」

「ありません」

章子ははっきりと言った。

「たとえあったとしても、あの人とあたしの間のことです」

「そうですか。一応はお伺いしなきゃ、と思ってたもんですから」

「おじさん、契約書は？」

ごく自然に、広介は芝居をした。

「あれはいいんだ。あれは、こちらとは関係ない」

「契約書？」

「なに、ただの紙ですよ。それより、なにか大津の形見で御所望はありませんか？」

「あたしの部屋に、かなりのものが残ってましたわ。広介君と相談すべきだったんでしょうけど、すべて整理しましたわ。ひとつだけ残して。そのひとつについては、あの人の形見だと思ってます」

「そうですか」

出されたコーヒーに、私は口だけつけて腰をあげた。

「あんな恋人がいたのか、親父」

通りに出ると、広介が呟《つぶや》いた。

「再婚できなかったのは、おまえがいたからだと言ったな。まあ、はっきり物を言う女ではあるな」

次に行かなければならないのは、千葉だった。

二時間半かけて電車を乗り継ぎ、ようやく目的の駅に到着した。

川田に言われた老人病院は、駅から海にむかって十分ほど歩いたところだった。

海がすぐそばで、風には潮の匂いがあった。

斉木勇三郎は、病棟の壁のところに車椅子を出し、四人の老人と並んで陽に当たってい
た。私が頭を下げると、丁寧なお辞儀を返してくる。

「大津広一のことで、ちょっと訊きたいことがあるんですがね」

「大津ね。あの野垂死《のたれじに》した大津か」

「殺されたんですよ」

斉木は、眩《まぶ》しそうな視線を私にむけてくるだけだった。看護婦に断って、私は車椅子を
ちょっと離れたところに移動させた。

「ここは、外出はできるんですか?」

「家族が一緒ならな」

「退屈でしょう」

「まあ、ほかにも年寄りはおる」

「前立腺かどこかの手術をされたそうで」

「よく知ってるじゃないか。それはだいぶ前で、いまは脚の手術だね」

「だから車椅子ですか」

「この病院は、好きなとこだ。のんびりしていられる」

「手術は、いつ？」

「五日前というところか。あと一週間で、リハビリがはじまる。悪いところを全部治して、出直しだね」

　顔の皺《しわ》は深いが、眼にはまだ強い光が残っている。

　この老人が、ひとつの鍵になるはずだった。川田があると言った大津の契約書の、相手方の当事者である。

「土地を売ろうとされましたね？」

「躰を悪くすると、融資してくれてるところなんかが、とたんに冷たくなる」

「それで、大津と契約を」

「そこまでは、いかなかったね。交渉している間に、大津は野垂死をしたよ」

　車椅子の後ろに立っている広介の表情は、まったく変らない。庭からは、海が一望に見渡せた。すぐ下が急な斜面の松林で、そのさきはもう岩の多い海だった。プライベートビーチという感じだ。老人病院なら、海水浴のための砂浜など必要ないだろう。

「あなたと大津の間で、土地の売買契約書が取り交わされた。大津は連帯保証人まで立ててね。その一通を、あなたがお持ちのはずだが」

「知らんね」

「こっちには、もう一通の、つまり大津のものがあるんですよ」

「そんなものがあろうとなかろうと、あの土地はもう売れちまってる」

「担保にとられた、というところが本当でしょう。五年も前に、あなたはあの土地を担保に二億ほど借りてる」

「返済は終ったね」

「そう。その返済が終ったあと、今度は四億借入れた。あの土地の評価額は、せいぜい三億ってとこだそうじゃないですか」

「この十年、上がっておらんからな。実際は、六億程度だと見ている」

「二億と四億で、ぴったり合う額ですな」

「言われれば、そうだ」

斉木が、にやりと笑った。顔の皺が深くなった。

この土地だ。この土地をめぐって、いろんな人間が動いた。誰がどう得をしたのか。残ったのは、大津の横領行為だけである。

「担保にとられているという事実を伏せて、大津と売買交渉をされたようですね」

「交渉もなにも、ちょっとばかり話を持ちかけられただけだよ」

「しかし、契約書はある」

「見せてみろ」

斉木の眼が、私を見あげていた。私は、にやりと笑った。それ以上、なにもせず、なにも言わなかった。

3

ごついノックだった。チャイムを押さず、なにか物でドアを叩いたらしい。

魚眼を覗《のぞ》きこんでから、私はドアを開けた。

「契約書を持ってる、と言いまくってきたんじゃないでしょうな」

川田の持っているポケット瓶は、まだ空ではなく、半分ほど酒が入っていた。

「言えるところでは、言ってきたさ」

「やっぱり」

部屋に入ってきて椅子に腰を降ろした川田は、眼の前の鏡に自分の顔をしばらく映していた。髭がかすかにのびている。私の髭は、すでに無精髭の段階を越え、蓄えたという感じになっていた。

「契約書があったとは、俺の推測にすぎないんですからね」

「大津もそう言ったんだろう」

「見せて貰ったわけじゃない」

「君は優秀な弁護士なんだろう？」

「確かに、自分でそう言いましたけどね。それとこれと、どういう関係があるんです」

「君の推測なら、間違ってるわけがない」

川田は肩を竦め、ポケット瓶の蓋をとって口につけた。

「アルコールってのの、どうやりゃ断てるんですか？」

「やめようと思えばいいのさ」

風呂に入っていた広介が出てきた。ブリーフ一枚で、頭からバスタオルを被《かぶ》っている。

「ちょっと考えたことがあるんだけど」

髪を勢いよく拭《ぬぐ》って、広介が言った。

「契約書って、土地売買の契約書でしょう？」

「そうだと思うな」

「連帯保証人というのは、いるわけ？」

「通常だといらんよ。通常だとな」

「それじゃ」

「つまり、斉木からそういう条件が出された。大津に、買手としての不安要素があったってことだろう。そして大津も、それを認めたから、保証人を立てた。違うかな、先生？」

「そういうことだろう。特殊な条件がかなりある取引が考えられていた。事件は、その条件によって起きている。そう考えた方がいいだろうね」

「それがわかれば、いろんなことがわかるわけですね」

「だから、俺は大津氏を捜し回って、森田さんとこまで行っちまったわけさ。大津氏と話をしたかったし、契約書の内容も確かめたかった」

川田が、またポケット瓶を軽く傾けた。

私は、腹筋と腕立伏をはじめた。呆れたような表情で、川田が見ている。しばらくして、それが驚きの色に変った。早朝のランニングはやっていたが、そのほかの運動は中止している。その代り、腹筋と腕立伏の回数を倍に増やしていた。

「四十八でしたよね、森田さん」

川田が、ポケット瓶をテーブルに置いた。

「無理のしすぎは、心臓に負担をかけるんじゃありませんか」

私は黙ったまま、決めた回数をこなした。かすかに呼吸が乱れている。

「はじめは、測りながらやってたよ」

「なにを？」

「どのあたりまで、自分の心臓が保《も》つかってことさ。綱渡りみたいなもんだった」

「なぜ？」

「わからんね。そうすべきだと思った。いや、したいと思ったってことかな」

私は軽く体操をし、バスルームに入った。熱い湯を浴びる。その間は、なにも考えなかった。

湯が躰に当たる。はじめのころは、それが躰に突き刺さってくるようだった。いまは弾き返している。そう感じられた。以前よりさらに熱い湯でも、熱いとは感じなくなっていた。

部屋では、浴衣を着た広介と、川田が並んで窓際に立っていた。夜景といっても、大したものが見えるわけではない。街の灯。私には遠いものだった。

「森田さんが、昔、なにをやっていたんだろう、と話してたとこですよ」

「調べるのに事欠いて、私のことかね？」

「第三世界の、アフリカのある国に関った。特に内戦がはじまってからね。俺は、あくまで商社員としての関り方だと思ってましたよ。純粋に商売のためだとね」

「それだけさ」

「しかし、商売が目的と言っても、程度はいろいろとある。書類を扱ってるだけでも商売だし、もっと積極的な売りこみ方もある、と思うんですがね」

「それを知ってどうなる？」

「個人的に、あなたに関心を持っちまったってことですよ」

広介は、なにも喋らなかったようだ。多分、大津からかなりのことは聞かされていただろう。

私は浴衣を着た。

内戦に参加した、というわけではなかった。私が売っていたのは、日本製のランドクルーザーで、それも千台単位だった。日本円にして、三十億程度の取引になった。国家が買いあげるのだが、行き着くさきは軍である。

第三国に改造工場を造り、その国を経由しての輸出というかたちになる。もともと装甲は厚くしてあるものだ。改造と言っても、銃座を付けたり、対戦車ミサイルを設置する台をつけるだけの話だった。日本で訓練した十五名の作業員と、小さな工場だけの、申し訳にしかすぎない改造だった。銃座などはほかから運ばれてきて、ボルトで締め付けるだけでいいのだった。

あの商売の魅力は、車体そのものの損耗が激しいということだった。地雷にやられる。爆破される。砂漠でスタックする。毎年、数百台か補充しなければ、その部隊の維持もできない。内戦が続くかぎり、ランドクルーザーは売れていく。装備がある程度しっかりしていれば、反政府軍もなかなか優勢になることはできず、いつまでも内戦は続く。

戦争で肥る商人の、手先の部分にいたのが私だった。

そういう用途が含まれてくる仕事は、いくらでもある。ＩＣ機器であっても、軍事転用は難しいことではない。そう思えば、自分の良心を押し殺すことは簡単だった。砂漠の多い国に、砂漠でよく走る自動車を売っている。そう思えばいいことだった。

「君の青春は、反戦運動だと言っていたね」

「それも、連帯すべき者同士が、殺し合うような反戦運動ですよ」

「そういう殺し合いをしてしまった。その結果が、君の酒か」

「あなたの酒は、なんだったんです」

「山の中の孤独と無聊《ぶりょう》の結果さ」

「そういう言葉で飾った酒は、きっぱりやめることは不可能だと思うけどな」

「やめようと思ったよ」

「思うだけで、やめられないというのが、大抵の人間です。こうして暗くなれば、いやでも俺は酒瓶に手をのばしちまう」

「よく司法試験にパスしたものだ」

「受験勉強をはじめたころから、俺は少しずつ酒をやり出したんです。自分がそれまで持っていたなにかと、不純なものを少しずつ引き換えてる気分になりましてね」

川田が煙草に火をつけた。私はベッドに寝そべっていた。広介は、窓際に立って外を眺め続けている。

「人生は、引き換えることで成立してるとは思わんかね。愛情と金を引き換える。出世と良心を引き換える。名誉と友情を引き換える。人間は、引き換えるものを沢山持って生まれてくるのさ」

「森田さんから、人間論を聞かされるとは思いませんでしたよ」

「引き換えるたびに酒を飲んでいちゃ、身が保たんということさ」

「酒について、説教されるとも思わなかった。もっとも、その資格はあるかな。すっぱりとやめちまったんだから」

広介が、窓際を離れて椅子に腰を降ろした。私たち二人を見較べて、大人びた笑みを浮かべている。私は、枕を広介に投げつけた。

「ぼくにとって一番大きかったのは、佐川という女性に会えたことだった」

「おふくろになったかもしれない女、だもんな」

「おふくろとして考えて、馴染める人じゃなかった。でも、親父の恋人というふうに考えたら、なかなかやるなという感じだったよ」

「生意気を言うな」

「ほんとに、そう思ったんだ」

「女は怕《こわ》いぞ、広介君。君のガールフレンドくらいの歳でも、女は怕い。まして、四十を過ぎた女だ」

言いながら、川田はまたテーブルのポケット瓶を持ちあげた。

「十六で、女を知りはしないよな、広介」

「どういう意味？」

「抱いたことはないだろう、ということさ」

「よしてよ、そんな話」

「照れてるぜ、こいつ」

投げ返されてきた枕を、私は片手で受けとめた。

「とにかく、俺も契約書の内容を知らないんです。探っていくしかない。斉木は当然として、三雲も知っているはずだ。もうひとりが誰か、ということになりますね」

「君が、事の核心に深く入っていなかった。それは、私の予想の外だったよ」

「大津氏の権利を守る。依頼されたのはそれだけだったんですからね。それが、これだけ上まで手繰《たぐ》ってるんだ。捨てたもんじゃないと思いますが」

「普通の弁護士だったら、関らんことは確かだろうな。君は変っている」

川田が肩を竦めた。愛玩犬のような眼ざしは、酔っても変らない。いや、ほとんど酔いを感じさせず、この男はひとりだけで酔っている。

「当面の問題として見えてきたのは、売買の対象になるべきだった土地が、どういう種類の土地だったのか、ということだと思うんだがね、先生」

「種類というより、どういういわくがくっついた土地かってことですね」

「私より君の方が、それは調べられるね」

「調べにはかかってますよ。はじめからね。大津氏は、下手をすれば逮捕されかねない、ということも知ってた。権利保護を俺に依頼したのも、それがわかってたからでしょう。それでも大津氏は、土地にこだわった。躰を張っても土地売買の契約書を守り通そうとした。そりゃ、土地になにかあると、誰だって思いますよ」

「君が狙ってる大物というのは？」

「見当はつけてます、三人ばかりね。その三人の誰が黒幕でも、おかしくない。ところが、斉木からも三雲からもそれが手繰れなくて、ひとりに絞りこめないわけです」

「誘いはかけた」

私と広介の動きは、誘いをかけたことにはなったはずだ」

「無茶な誘いだったかもしれない、という気はしますがね」

「はじめから、すべてが無茶さ。君も、十五万の顧問料で、こんなに首を突っこんじまっていいのかね？」

「それですよ。十五万は、ほんとは手付けってことだったんですよ。それさえ払って貰ってないことを理由に、俺は事件に首を突っこんじまったんですけどね」

広介が腰をあげた。自分のバッグの中に手を突っこんでいる。摑《つか》み出したのは、札束がひとつだった。

「これ」

「どういう意味だい。金はもう、森田さんから払って貰ってるよ」

「手付けでしょう。これから仕事をして貰う分としては、足りないかもしれないけど」

「いまは、俺の趣味でやってるのさ」

「払わせてください。親父のことを、趣味で掘り返して欲しくはないし」

「趣味というのは、照れで言ってるわけでね。俺は俺で、自分の功名のために、大津氏を利用しようと考えてた。功名だけでなく、意地も絡んできたが」

「なぜ、意地を張ることになったんですか？」

「圧力が来たのさ。上の方から。震源地がどこだかはわからんがね。とにかく、圧力が来た。大津氏の法的顧問から離れろとね。直接は、俺をバックアップしてくれてた、先輩に当たる人からさ。男ってのは、そこで選ぶもんだ。得をするか、自分を押し通すかをね。俺は、損な方を選んだようだ。これから、先輩のバックアップなんてことは、当てにできないだろうし」

「だから、これを」

「君には、これから金が必要だよ」

「親父が遺《のこ》した金を当てにして、大人になっていこうとは思いませんよ」

愛玩犬のような眼が、私を見つめてきた。私は横をむいた。広介と川田の問題だ。広介がどんな金の使い方をしようと、私には関係ない。

「どうせ、灰になって消えてたはずのものです」

「灰？」

「こっちのことですよ。とにかく、仕事としてやってください」

「参ったな。じゃ、俺がなぜ意地を張ったか、もうひとつの理由を教えよう。アル中の森田さんがいたからさ。理由になるかどうかはわからないが、アル中の森田さんを見た時、なんとなく、一歩この事件に踏みこんじまったんだな」

「理由にはなりませんよ」

「だが、そうなんだ。大津氏を捜してはいたさ。そこに、アル中の森田さんがいた」

アル中と言い続けられるのも、別に不愉快ではなかった。いまは、私は素面《しらふ》で川田は酔っているのだ。

「これで足りるのかどうかわからないけど、仕事としてやってください」

川田が、肩を竦めた。

金を受け取って内ポケットに放りこむのを、私は横眼で見ていた。

4

村に戻った。

二日経っても、なにも起きなかった。私は毎朝早く起き出し、躰をほぐした。広介も一緒だった。二人で、山の中を走る。五キロだったコースを、七キロにした。若い肉体というものは、驚くべき適応性を持っている。二日目から、広介は私にそれほど遅れずに走るようになった。

木刀の素振。広介は、片手での薪割に挑戦していたが、いつまでたっても、うまくいきそうもなかった。

「できなくても、恥しくはなくなったよ。くやしいけどね。おじさんの方が、キャリアってやつがあるんだから」

焚火は、まだやっていなかった。燃やすべきだった薪の山が、一日一日大きくなっていく。

落ちこぼれの息子を、山の中に連れてきて鍛え直している。村の人間がそんな噂をしていると、佐和子が電話で知らせてきた。わざわざそれを知らせたのではなく、つまりは誘いをかけてきたのだ。しばらく逢えないかもしれない、と私は正直に言った。広介が一緒ということで、佐和子も納得したようだ。

食べ物は、最低限必要なものだけになった。茶碗一杯の飯。魚が一尾。それにわずかな野菜。凝った味などを、求めなくもなっていた。

三日目の夕方、私は小屋のそばの道を、ライトバンが一台走り過ぎていくのに眼をとめた。めずらしいことではない。村の家には必ず車があるし、外からやってくる車がないわけでもない。

それでも、ライトバンは、私の小屋の前三十メートルを走る間、かなり減速した。徐行に近いと言ってもいいだろう。何人乗っているのか、薄闇の中ではわからない。ひとりかもしれないし、四人か五人かもしれない。

とにかく、私の気持にひっかかった。

夕食を終えると、すぐに後片付けをし、しばらく広介と話をすると、ベッドに潜りこむことにした。昨夜は、川田から長い電話があった。

「棒を二本、持ってきておけよ」

「なぜ？」

「わからんが、そうしておいた方がいいような気がする」

それ以上は訊かず、広介は外に出て、棒を二本持ってきた。私はそれを、ベッドの中と部屋の隅に分けて置いた。棒と言っても、ただの木の枝ではない。鍬《くわ》や斧の柄にする樫《かし》の棒だ。握りは丸い楕円になっていて、先端の方は四角である。素振用の木刀よりずっと軽く、普通の木刀より効果はあるはずだった。

「寝るの？」

「ああ。おまえも、よく眠れ」

交わした言葉は、それだけだった。

眼を閉じたが、すぐには眠れなかった。私は、昨夜の川田からの電話を思い出していた。広介から受け取った百万を、川田は調査費に注ぎこんでいる様子だった。かなり具体的な報告内容だった。売買契約の対象となったあの土地が、いまどうなっているか。川田の調査はそれに集中していた。

現在の所有者は、千葉の不動産業者だった。その前が地元の信用金庫で、斉木から担保として取っているかたちである。ただ、ほかに債権者のない、単純な貸借関係の担保で、斉木が信用金庫に売ったと考えても不自然ではなかった。

千葉の不動産業者は、すぐに転売する気配だという。六億の土地が、わずかひと月ほどで十四億という、信じ難い値上がりを示しているらしい。三十億になりそうだ、と川田は言った。転がりながら、二十四億の金を産む土地ということになる。

なぜそこまであがるのか、ということを川田はいま調査中である。大津は、それを知っていたのだろうか。連帯保証人まで立てた契約書は、ただの売買のためだったのか。

生臭い、欲の匂いは強く漂っている。人間がいる場所には、必ず漂っている匂いだが、もっと強烈で、腐臭に近いものがある。

私にとって、縁のない匂いというわけではなかった。躰にしみついたその匂いを、できるだけ感じないでいられる場所として、ここを選んだとも言える。

破損したランドクルーザー。それを修理できるシステムを作った。私個人のシステムだった。修理したランドクルーザーは、新車の三分の一の値で、どこにでも売った。少々のリベートで、敵に売ることを黙認する政府高官もいたのだ。

戦場に廃棄された車の回収屋。戦場に出ていく度胸さえあれば、難しいことではなかった。五人でチームを作り、応急の部品を積んだトラックで出かけていく。四台集めるのは、二日の作業で充分だった。ひとつの戦闘で、十台以上の車が集められる。時には、死んだ兵士が車の中に残されていることさえあった。屍体は物だ。私はそう思っていた。自分で殺したのでなければ、大して苦労せずにそう思いこむこともできた。

回収した車のほとんどは、私自身が売った車だった。部品は充分に確保してあり、少々の破損なら新車同様に修理することができた。それを売って得た金は、ほとんどすべて無駄なことにしか使わなかった。博奕《ばくち》、女、贅沢な生活。そういう生活の中で、ある部分を私は潑剌《はつらつ》とさせ、ある部分を腐らせていったのだった。

二十代の終りから三十代の私の生活。なにかが欠けていた。そのなにかが、いまも私にはわかっていない。

上のベッドで、広介が寝返りを打つ気配があった。眠れないでいるのかもしれない。

外では風が吹き続けている。この季節になると、昼も夜も風が吹いているが、夜の風は特に強く感じられるのだ。馴れるまでは、陽が落ちると風が強くなる、と思いこんでいる。ほんとうは、同じ風だった。

外でもの音がした。車の音はしなかったので、歩いて小屋へ近づいてきたのだろう。

小屋のドアは、簡単な錠が付いているだけだ。それさえ、はずそうとする連中ではなかった。いきなり蹴りつけたようだ。部屋に、風が吹きこんできた。

「おっさんとガキだ」

闇の中の声。しばらくして、明りがついた。四人。私は、ゆっくりとベッドで上体を起こした。四人の視線が上下に動いている。広介が上のベッドでどうしているか、私のところからはわからなかった。

「ドアを閉めてくれないか。風が吹きこんでくる」

「おまえは、冷てえ風で頭を冷やした方がいいんだよ」

ベッドの外に、両足を出した。一番近くにいるひとり。黒い革ジャンパーを着た男だ。毛布の中から引き抜きざま、棒を首筋に叩きこんだ。

男が、膝から崩れた。次の瞬間、その後ろの男にむかって、私は跳躍していた。振り降ろした棒を、男は腕で受けた。なにかが砕ける感触が、はっきりと掌に伝わってきた。呻《うめ》きがあがったのは、しばらく経ってからだ。三人目。テーブルを抱えていた。楯にするつもりのようだ。振りあげた。振り降ろさず、私はそのまま倒れこんだ。床を滑らせるように、棒を横に薙《な》いだ。テーブルが落ちてきた。男は、臑《すね》を押さえてうずくまっている。四人目が、うずくまった男を抱えるようにして外へ飛び出していった。もうひとりも、腕を押さえてそれに続いた。

床に坐りこんだまま、私はしばらく動けなかった。息が乱れている。少しぐらいの運動では出ない汗が、全身を濡らしていた。

ひとりだけ、気を失った男が残されていた。身動《みじろ》ぎさえもしないが、死んではいないようだ。首筋に棒を叩きこんだ。多分、頸動脈《けいどうみゃく》を押さえたに違いない。

深呼吸をくり返した。汗がひき、躰が冷たくなってきた。

「降りてこい、腰抜け」

広介は、上のベッドでまだ同じ姿勢のままだった。

「ドアを閉めろ。寒くてかなわん。それから、ロープでも見つけてこい」

広介がベッドから降りてきた。ちょっと蒼《あお》ざめたような表情で、眼に落ち着きがなかった。二人の高校生を相手に、ほんとうに喧嘩ができたのだろうか。

私はようやく腰をあげた。怪我ひとつせずに、三人を撃退できた。たとえ樫の棒があったとはいえ、奇跡に近いことだった。

広介がロープを持ってきた。ロープというより、細紐に近い。私はそれで、男の両手を後ろに回して、しっかりと縛りあげた。眼と口を、ガムテープで塞ぐ。躰を動かすと、男は息を吹き返し、抵抗をはじめた。鳩尾《みぞおち》を棒の先で突いておく。

はじめて摑んだと言ってもいい、糸口だった。東京で、契約書のことを言った結果がこれだとしか思えない。

広介は、男から離れたところに立って、じっと見ていた。怯《おび》えの色が、かすかに表情に浮かんでいる。

「仲間も、いざとなりゃ薄情なもんさ」

声はちゃんと出ていた。男は口を塞がれ、鼻だけで荒い呼吸をしている。かなり苦しそうだった。二十五、六といったところだろうか。赤っぽい上着に、ブルーのシャツ。季節はずれの白いズボンだった。私はポケットをすべて探った。ほとんど、なにも持っていない。小屋を襲う前に、身許の割れるものは出してきたのだろう。

「俺の質問に、答えてくれるかな？」

男は動かなかった。私は雑巾を水に浸し、男の顔に貼りつけた。男が暴れ、水滴を撒《ま》き散らした。濡れた布で鼻が塞がれたはずだ。落ちた雑巾を拾い、もう一度顔に貼りつけた。また暴れて雑巾を飛ばす。

広介に、おまえやれ、と仕草で示した。すぐには、広介は動かなかった。私は、腕組みして広介を見ていた。二、三歩近づいてきた広介が、床の雑巾に手をのばす。しばらく迷っていた。それから雑巾をバケツの水に浸し、男の顔に貼りつけた。また暴れる。広介が私に窺《うかが》うような視線をむける。続けろと眼で示して、私は流し台に立ち水を一杯飲んだ。

くり返しくり返し、同じことを続けた。男の動きが弱々しくなると、雑巾は意地悪く顔に貼りついたままで、飛ばない。慌てたように、激しく暴れる。二十分ほど広介に続けさせた。

「質問に答えて欲しいんだがね」

男の髪を摑んだ。広介が雑巾を顔に貼りつける。それほど暴れられはしない。男の顔の皮膚が赤くなるのが、はっきりわかった。雑巾は飛ばず、少しずつずり落ちただけだ。続けろ、と広介に眼で言った。黙ったまま、広介はただ頷いた。

雑巾が落ちるまでの時間が、長くなった。男の二つの鼻の穴が、激しい勢いで空気を出し入れしている。

雑巾を貼りつけようとすると、男が激しく首を振った。

「質問に、答えてくれるのかね？」

男の首が頷く。口のガムテープを、私は引き剝《は》がした。

「誰に雇われた？」

「知らねえ」

広介に眼で合図する。濡れた雑巾で塞がれると、口が開いていても呼吸は苦しい。私は男の額のところで雑巾の端を押さえ、ずり落ちるのを止めた。男が、全身を痙攣《けいれん》させる。

それでも、雑巾を放さなかった。

剝がした時、男はぐったりとしていた。腹のあたりを掌で強く押して、呼吸を戻してやる。

「これを続けていると、脳にくる。わかるか。最後は植物人間だが、その前にいろんな段階がある。記憶を喪《なく》す。言葉を忘れる。すべての感覚や思考が、三、四歳の幼児のものになる。それから植物人間さ」

「待ってくれよ」

「記憶は、まだ喪しちゃいないよな」

「俺たちは、取立屋だよ。借金とかツケとかのな」

「そんなものは、私にはないはずだがね」

「客から、頼まれた」

「その客というのは？」

「それも知り合いから頼まれたそうだ。俺たちとしちゃ、金になればいいんだ」

「ドアを蹴破って入ってくるってのは、取立屋のやり口じゃないな」

「あんたと、子供を、足腰立たねえようにしてくれ、と言われてた」

「そんな仕事を、平気で受けるのか。取立屋には、まだ名分がある。人間を二人、半殺しにするってのは、やくざの仕事だぜ」

それに近い種類の人間だろう。だとしても、いきなり踏みこんできていたぶろうというのは、本職のやり方ではなかった。チンピラと呼ばれる類《たぐい》の小物が、考えそうなことだ。

「それだけなんだよ」

「いくら貰った？」

「四十万。四人でだ」

「その客というのが、払ったのか？」

「そうだ」

「誰だか訊いておこうか」

「浜崎という人だ。赤坂で『シルバー』というクラブを経営している」

「ひと晩に、ひとり十万ずつの稼ぎってのは、悪くないのか」

「四人、いつもつるんでる。ひとり金を欲しがってるやつがいたら、かったるいけど群馬まで付き合おうかってことになる」

「なるほどな。金を欲しがってるやつを見極めて、浜崎はこういう話を持ちこんでくるわけだ」

「その辺は、うまいもんだね」

男の口調が、次第に砕けてきた。息苦しさが去ったからだろう。これで眼のガムテープも剝がしてやれば、逃げ出すことさえ試みるかもしれない。

「ひとりは、完全に腕の骨が折れてる」

「仕方ねえさ。取立に行ったらやくざがいて、逆に金を巻きあげられたことだってある」

「つらい商売だな」

「俺を、どうする気だよ？」

「そりゃ、警察に行って貰うしかないだろう」

「待ってくれよ」

「人の家に、土足で踏みこんだんだぞ。それもドアを蹴破って」

「待ってくれよ。頼むよ。勝手に仕事をしたことがわかりゃ、俺ら、どやされるだけじゃ済まねえよ」

つまり、四人はどこかの組織の末端に組み入れられていて、そこから仕事を貰っているということなのか。

「どこの者《もん》だ？」

「言えねえ」

「じゃ、警察だな。すぐにわかることだろう」

「朝日連合だ、新宿のよ」

「赤坂まで、手をのばしてるのか？」

「だから、シマじゃねえよ。何軒かの店の、取立をやってるだけだ」

「取立だけにしておけよ」

私は、男の眼のガムテープを剝がした。男は、しばらく眩《まぶ》しそうに眼を細めていた。

「帰れよ」

男が、私を見つめる。それから、ドアの外に飛び出していった。

「いいの、帰しちゃって。また、襲ってくるかもしれない」

広介が、はじめて口を利いた。

「黙ってろ。おまえ、四人が入ってきた時、なにをやってた」

私は、倒れたテーブルを起こし、棒を抱えてまたベッドに潜りこんだ。

冷えこみの厳しい夜だ。夜明けまではまだいくらか間がある。しばらくして、明りが消え、広介が上のベッドに登っていく音がした。

身動ぎの気配さえ、伝わってこない。それが逆に、眼醒《めざ》めていることを、はっきりと感じさせた。

私は、風の音を聞いていた。砂漠の風の音とはまったく違う。それでも、聞いている私は同じだった。テントの中にうずくまって、じっと風の音に耳を傾けていた夜。あれは、どれほど昔のことだったのか。

いつの間にか、眠っていた。採光用の窓から、光が射しこんでいる。

5

途中から、広介が追いついてきた。

私は、並んだ広介に眼もくれず、走り続けた。こんなふうに体力を作っても、樫の棒を三回振っただけで、息があがり、汗まみれになってしまう。

相手が人間だからだ。そして、人間を相手にするということは、馴れだった。私の経験が、そう教えてくれる。かなり長い間、私は棒で人を殴るようなことはしていない。

七キロを、いつもよりいくらか速いペースで走りきった。

木刀を振る。五キロある、素振り用だ。それが、昨夜の樫の棒より軽く感じられた。死ぬ気になれるかどうかだ。人間を相手にしようという時は、それが必要なのだ。私は死ぬ気になっていなかった。なんとか、負けまいとしただけだ。広介は、それさえもやらなかった。

広介が、樫の棒を振り続ける。風を切る音が、私のところまで聞えてくる。自分の苛立《いらだ》ちを、そのまま棒に乗せていた。

薪割り。腹筋と腕立伏。それから体操。一日がかりだったメニューが、いつの間にか午前中で済むようになっている。

「あの四人、また来るかな」

「怕《こわ》いのか?」

「今度現われたら、ぼくも闘うつもりだよ」

「人生に、今度なんてもんはないのさ」

「そうだろうと思う。でも、終っちまったものは、仕方がない」

「怕いか?」

「怕くないよ」

「怕いと言え。正直に言ってみろ」

広介が私を見つめる。怕い。しばらくして小さな声が聞えた。

今度来るとしたら、もうちょっと本格的な連中だろう。私のような男を殴る時でさえ、死ぬ気になれるような男が来るかもしれない。逃げることを、考えておいた方がいいのか。契約書と言っただけで、東京からわざわざ四人もやってきた。それがわかっただけで、充分ではないのか。

「逃げないぞ」

広介にむかって言った。

「逃げることからは、なにもはじまらない」

「わかった」

「わかるのは、もっとさきさ。ほんとにわかるのはな」

「ぼくは、十六の子供だよ」

「都合のいい時だけ、子供を強調するな。俺と一緒に動くと決めた時から、おまえはもう子供じゃない。俺は、そう扱ってる」

私は、ひとりで部屋に入った。

広介は、片手での薪割りに挑戦しようとしているようだ。斧が薪にぶつかる鈍い音が、いつまでも続いていた。

川田から電話があったのは、三時を過ぎてからだった。

「土地がね、なぜ値上がりしていくのか、およその見当はつきましたよ」

「原子力発電所ができるとか、鉄道が通るとか、高速道路とか」

「今日は、言葉が多いですね、森田さん」

「君は、酔ってないらしいな、まだ」

「きのうの夜から、一滴も飲んじゃいませんよ。鉄道が通るなんて、もう古いです。あそこは、ゴルフ場の用地のはずだったんですよ。いくらブームだからって、そんなに土地が値上がりするわけはないでしょう」

「だから、ほかの可能性を考えるさ」

「あの一帯が、リゾートタウンとして、海岸まで買収されつつあるんです。その中心部に当たるのが、問題の土地で」

「リゾートのための施設の用地なら、値上がりもそこそこだと思うがな」

「異常すぎますよね。それで、俺は周辺も含めて詳しく調べてみました。あの土地の二十倍以上の広さにわたる広大な土地が、ある大手に買収されています。すでにほとんど買収済みなんですよ。その大手は、地元の信用金庫にも大きな力を持ってましてね。ところが、信用金庫とトラブルが起きた気配なんです」

「だから、土地が地元の不動産業者に渡っちまったってことか?」

「わかりません。地元の不動産業者ってのは、そんなに力のあるとこじゃないんですよ。どこかのダミーと考えた方がいいな」

川田が、なにか飲んだ気配があった。受話器に、コツンと固いものが当たる音が伝わってきた。多分、ポケット瓶だろう。

「こんな時に、酒なんか食らうな」

「あんたは、酒をやめると決めた。決める前だったら、なにを言われても飲んでたでしょう。俺は、やめると決めてない」

「決められない、と言えよ。怕くて決められないってな」

「どうでもいいや。電話線は、アルコールの匂いまで伝えはしないでしょう」

「あの土地が、リゾート計画の中心地であることはわかった。異常な値上がりの理由を説明してくれないか」

「大手のリゾート会社、東西開発というんですがね。つまり東西グループの一員です。そこにとっちゃ、あの土地がネックになってる。例えて言えば、野球場を作ろうとしたら、内野の部分だけ自分のところの土地じゃなかった、ということですな。そこに池を造られたとしても、文句は言えない。そして池を造られたら、周辺の土地は全部死ぬんですよ」

「池を借景にして、日本庭園にでも変更すりゃいいだろう」

「俺が言ってるのは、あくまで例え話で、あの土地に、実際に化学工場なんかができたら、どうなります？」

そうさせないためには、持ち主の言い値で買うしかない。それで、いろんな人間が群がり、異常に値上がりしていく。そう考えれば、いくらか納得はできる。

「俺はいま、東西開発の経営状態を調べています」

「なぜ？」

「どこかおかしい。そんな気がしてならないんでね」

「東西開発が買えない。リゾート計画が中止ということになれば、元の値に下がっちまうだろう？」

「そういうことになりますがね」

「奥歯にものの挟まったような言い方はするな」

「東西開発は、なぜ早いとこあの土地の手当てをしておかなかったんでしょう？」

「信用金庫を通して、押さえられると思ってたんだろう」

「それにしても、メインの土地ですよ」

「わからんよ、私には。東西開発の社長じゃないんだ」

「俺にもわかりません。だから、なんとかわかろうと調べてます」

要件はそれで終りらしく、川田は酒の話をはじめた。なぜ日本酒やワインを飲まないのか、ということについて、くどくどと喋っている。醸造酒はアル中になりやすく、蒸溜酒は安全だという、いい加減な意見だった。

「君が、ウイスキーが好きだというだけの理由に基づいた、勝手な理論だろう」

「おや、アル中だった森田さんが、そんなことも知らなかったんですか」

「じゃ、そうしておこう。ところで、昨夜、私のところは四人組に襲われたよ」

束《つか》の間《ま》、川田は沈黙した。煙草に火をつけるような気配がある。

「襲われたと言っても、俺とこうして喋ってるわけだから、一応は生きてるわけだ。怪我でもするような、襲われ方だったわけですか？」

「撃退しなかったら、怪我をさせられてただろう。俺と広介で追っ払った。ひとり捕まえてね。新宿の朝日連合のチンピラで、取立屋をしてる連中らしい。赤坂の『シルバー』という店を経営している、浜崎という男に頼まれたそうだ。浜崎は、知り合いから頼まれたという話だが、ほんとうのところはわからん。訊き出せたのは、それだけだ」

メモを走らせている気配があった。

「朝日連合なんて、聞かない名ですね。新宿には、かなりの数の暴力組織が手を出してるんですが。間違いないんですか？」

「嘘を言えない状態の時に、訊き出したことだ」

「さらりと、怕いことを言いますね。そっちの方も、調べてみますよ」

川田が、低い声で笑った。

「なにがおかしいんだ？」

「いや、あなたの経歴は、伊達《だて》じゃなかったんだと思いましてね」

「四人とも、素人に近いチンピラだ」

「でも四人ですよ」

「頭もよくない連中だった」

川田が、また笑った。私は電話を切った。

外では、広介がまだ片手での薪割りに挑戦し続けているようだ。きれいに割れた時の、冴えた音はしていない。

私は、風呂を沸かし、部屋の掃除をし、コーヒーを一杯淹《い》れた。時間をかけて、ゆっくりと啜《すす》る。その間、ずっと土地のことを考えていた。

いろいろなケースが考えられる。どれを選ぶにしても、いまはまだ判断材料が少なすぎた。契約書の内容がわかれば、かなり絞りこめる。

複雑なことが行われている、という気はもうしなくなった。もっと複雑で危険なことを、私は十数年やり続けてきたのだ。国と国の駈け引き。国の内部の、体制と反体制の騙《だま》し合い。そういうところにつけ入って、金を拾いあげるのが、私の仕事だった。時には、駈け引きや騙し合いの、キーを握っていることさえあった。それもすべて、商売のために使った。

私が個人の資格しか持たない商売人だったら、あれほど大規模なことはできなかっただろう。自分で自分を傷つけるようなことも、しなかったはずだ。

いつの間にか、斧の音がしなくなっていた。片手で薪を割ることなど、広介には永久に無理かもしれない。私自身でさえ、できるようになるとは思っていなかった。

夕食の仕度をはじめた。

広介が戻ってきたのは、簡単な食卓が整ったころだ。

顔に二ヵ所、新しい痣《あざ》を作っていた。トレーナーの肩も破れている。手には、人を殴ったものらしい傷があった。

「ガキを相手の喧嘩なんか、いい加減にしておけ」

「三人いたんだ。道を通りながら、ぼくのことをからかった。薪も割れないのかってね」

「くだらん」

「両手を使えば、割れるよ。だけど、両手で割って見せたくはなかった」

「代りに、殴り合いをしたってわけか。呆れるな、まったく。肝心な時には腰を抜かして、からかわれたら喧嘩とはな」

「この間は、ぼくは怒ってた。自分にも、わけのわからないものに対しても、怒ってた。だから二人を相手に喧嘩ができた」

「今日は、どうだったっていうんだ」

「試したかった」

三人を相手にする度胸があるかどうか。それを試したということなのか。

「今度、そんな真似をしてみろ。ここから叩き出すぞ」

「世話役が、また苦情を言ってくると思ってんのかい」

「そんなことは、どうでもいい。俺たちは、いま別なことをやってる。今夜にでも、またなにか起こるかもしれん。やってくるのは、もうドジな連中じゃないぞ。そんな時、足を引き摺《ず》ったり、片眼が潰《つぶ》れたりしてるおまえの面倒なんて、俺はごめんなんだ」

「ぼくには必要なことだったよ。自分が、冷静に三人を相手にできるかどうか、知っておくということはね」

「わかった」

それだけ言い、私は夕食を食べはじめた。広介も、手だけ洗って食卓に着いた。

私は、川田からの電話の内容を、簡単に広介に伝えた。川田の調査費用を出したのは広介だし、すべてを一緒にやると決めもしたのだ。

「どういうことなんだろう」

「急いで結論を出そうとはしないことだ。人間ってのは、単純かと思うと複雑だったりする。やることも同じさ」

「親父も、その土地に関って儲けようとしたんだろうか？」

「それも、決めるのは早い」

そそくさと食事を済ませると、私は食器を流し台に運んだ。

相変らず、外は風が強かった。十時を回ったころ、私は棒を抱えてベッドに潜りこんだ。広介も、部屋の隅に置いてあった棒を、ベッドに持ちこんでいる。

冷たかった棒が、すぐに体温で暖まった。

風の音を除けば、静かな夜になりそうだった。

6

微妙な気配を感じたのは、薪を割っている時だった。

「引っ張り回してやった方がよさそうだな」

呟いた私の顔を、広介が見つめてくる。

「さっき、そこの道を黒い車が通っただろう。東京ナンバーだったよ」

「部屋で、待ち伏せをするというのは？」

「もう使っちまった手だ。やつらだって、馬鹿じゃないさ」

「引っ張り回すって？」

「俺の車さ」

「黒い車、ベンツだった。小さなジープで、勝てるの？」

「やってみなきゃ、わからんな」

いずれにしても、夜になってからだ。ベンツを見せたということは、ほかの車も来ている可能性がある。引っ張り出そうという気なのかもしれない。

薪を割り続けた。広介は、大人しく割った薪を束にして積みあげている。

「今日は何日だ、広介？」

「十一月二十一日」

「もう、そんなに経ったのか」

「おじさんは、カレンダーも忘れちまってるのか」

「あんなものは、決まった日に会社に行かなきゃならない人間のためにあるんだ」

「そうだね。ぼくも、学校へ行かなくなってから、ずいぶん経つ。時々、何曜日だったのか、忘れることがあるよ」

広介の学校のことまで、考えてはいられなかった。すべてが落ち着いた時に、ゆっくり考えるしかなさそうだ。

「必要なものをまとめて、ジープに載せておけ。暗くなるまでにな」

「わかった」

言ったが、広介は薪を拾い集めるのをやめようとしなかった。

川田から電話があったのは、夕方だった。

「どういうことだね？」

川田が言ったことを、私はすぐには理解できなかった。問題の土地をつり上げているのは、東西開発だというのだ。

「俺の推測の域を出てないんですがね。東西開発は、あの土地が三十億を超えても絶対に買う、という態度をとり続ける。そうすれば転がすだけあがるでしょう」

「自分たちの仲間内で転がして上がるだけ上げ、ここが天井だと見極めた時、関係ない業者に売り払うというわけだな」

「いざとなると、回転が速いな、森田さんは。無駄な説明を省けるんで、助かりますよ。関係ない業者に売ってから、リゾートタウン計画の中止を発表する。土地の値段は、元の価格まで急落でしょう。その時、手に入れればいい」

「三十億まで上がったとして、もともと六億。二十四億が、転がすだけで入ってくるということか」

「それぐらいの金を、東西開発は必要としているんですよ」

「東西グループがあるじゃないか」

「都内でのマンション建設が行き詰ってましてね。リゾート専門の東西開発は、切り捨てる方がいい、という意見がグループ内にあるくらいです。伊豆のリゾート開発で、新星土地に押しまくられた。それが、また千葉でぶつかる恰好になってる」

「心臓部の欠けた土地は、担保能力も弱いだろうしな」

「起死回生の一発。地面から金が湧いてくるようなもんですからね。伊豆での失敗も、充分取り戻せる」

「なんとなく、見える感じはするな」

「でしょう。ひとつでも証拠があれば、俺も確実な線だと言えるんですが」

もしそうだとしても、大津がどう関っていたかはわからない。やはりまだ、材料が少なすぎるのだ。

「東西グループは、東西興業を中心にして、東西建設、東西住宅、東西メゾンがあります。それと東西開発。小さな会社は、十数社ありますがね。大きなところはそれくらいだ。そのどこも、昨年から今年にかけて業績がかなり落ちこんでる。特に、東西開発がひどいんですよ」

「ありがとう。およその状況はわかったよ」

「土地転がしのところは、俺の推測ですからね。くどいようだけど」

「大津が、どう関ったかさ」

「それは、いまのところ全然わかりません」

「君が狙ってた大物というのは、東西グループのオーナーか?」

「まあね。似たようなところに、見当はつけてたんですが。ほんとのことを言いますとね。新星土地が絡んでるに違いない、と読んでたんですよ。あそこも、かなり強引なことをするところだし」

「その可能性も、まだ否定できないさ。新星があの土地を押さえれば、東西開発を押し潰してしまえるんだろう？」

「そうなりますね。考えると、やっぱり酒が飲みたくなってくる」

「無理して我慢しないことだ」

「森田さんに言われると、複雑な気分になるな。ところで、新宿の朝日連合ですがね。四課《マルボウ》でも、詳しいことは摑んでないみたいです。あの程度の組織は、雨後の竹の子って感じで、どこにでもいくらでも、出てきてるみたいです。その中には、大きな組織のダミーもあるんでしょうが。いまのところ、朝日連合については、存在が確認できるだけです」

「本格的なやくざじゃなかった」

「それより、赤坂のクラブ『シルバー』ですね。三道商会の、三雲が常連ですよ」

「なるほどな。契約書の存在も、確認できないまでも、かなりはっきりしてきた感じはあるね」

「気をつけてくださいね」

「なにを？」

「三雲ってのも、かなりな男です。ちょっと正業じゃない部分も持ってるんじゃないかな」

「三雲と、東西開発の関係も調べてみてくれないか？」

「やってますよ、いま。大津氏との関係ばかりに眼をむけていたんでね。はじめから洗い直してます」

川田は、それ以上なにも言わず、電話を切った。

私は、話の内容をいくらか嚙《か》み砕いて、広介に教えた。

「親父がいないんだね、どこにも」

「そうなんだ。そこさ、問題は。おまえの親父が、どことどういうふうに関っていたかがわかれば、見えてくるものはもっとある」

私は、湯を沸《わか》してコーヒーを淹れた。広介は、自分の荷物を、小さなバッグひとつにまとめている。私も、必要なものは下着とセーターくらいだった。

コーヒーを飲むのが、習慣になってきた。また、以前のように豆を挽《ひ》くところからやってもいい、という気分になっている。

コーヒーについては、大津がうるさかった。念入りに淹れ、ブラックに、ほんのひとつまみの塩を落として飲むのだ。苦味を微妙にやわらかにするのだ、と言っていた。そのやり方は、私もジャマイカで経験したことがある。言われてみればそうか、という程度だ。

「夕めしは外だぞ、広介」

コーヒーを飲み終え、カップを洗いながら私は言った。頷いた広介が、バッグを二つぶらさげて出ていった。

小型のナイフを一本、私はズボンのポケットに突っこんだ。セーターの上に、ポケットが沢山付いたフィッシャーマンズ・ベストを着こむ。そっちのポケットには、大き目のバックのホールディングナイフと金を突っこんだ。

ジープに乗りこむ。

エンジンをかけ、しばらくアイドリングをした。そんなことをしなくても動く車だが、昔の癖が抜けない。

「しっかり、シートベルトをしてろ」

「ベンツとこれじゃ、勝負にならないと思うけどな」

「やる前から決めちまうのが、おまえの一番の欠点だな」

ライトをつけた。風に靡《なび》く、雑木林の枝が照らし出される。

水温はあがってきたようだが、車の中はまだ寒かった。回転をあげて突っ走れば、すぐに暖かくなるだろう。

発進させた。

道路に出て四、五百メートルも走らないうちに、ヘッドライトがひとつ貼りついてきた。三十メートルほどの距離か。こちらのスピードに合わせ、しっかりと距離を保っている。車種はわからない。脇道に入って、時を待っていたのか。私が出てくることを、予測していたのか。

スピードをあげた。街へ行く道は、一本だけだ。あとは未舗装の農道ばかりだった。コーナー。トップから三速に落とし、スロットルを開いたままで曲がる。距離が開いていた。ひとつひとつのコーナーが、眼をつぶっていても走れるほど、しっかり頭に入っている。

コーナーを出るたびに、後ろの車との距離は開いていた。前方に、もう一台車が見えた。素早くハイビームにする。黒いベンツ。道を塞ぐ気だろう。

ダブルクラッチで繋ぎながら二速まで落とし、右の農道に入っていった。後ろの車が、そのまま追ってきた。四輪駆動車のようだ。ベンツのほかに、周到に四駆を用意してきたということか。

「このあたりで、勝負をつけちまった方がいいな。速いやつとタフなやつと、二台いる」

「ガソリンは、おじさん？」

「余計な心配はするな。満タンだ」

かなり馬力のある車らしい。距離を詰めてきた。しかし、コーナーではやはり怕がっている。

引きつけた。いざとなれば、絶対に逃げきる自信はある。私ほど、このあたりの道を知り尽している人間はいないのだ。

「行くぞ、広介」

スピードをあげた。凸凹道を、百二十キロほどで走る。車体にくる震動が、小さなものになった。七十キロを越えると、震動は小さくなるのだ。アフリカの、土漠と呼ばれる石くれの荒野を、百キロ以上で走る運転技術を、私はランドクルーザーと一緒に売っていた。そのスピードだと、小さな石や穴は関係なくなる。ピシッ、ピシッと大きな石だけを弾くような感じで、安定して走っていく。機関銃も撃てるし、対戦車ミサイルも発射できる。

土漠や砂漠を高速で走るという技術は、車そのものと同等に近い価値があった。実戦になれば、近くの戦車の砲塔は、ランドクルーザーを追いきれない。それで、攪乱《かくらん》することが可能になるのだ。

土漠と較べれば、未舗装の農道など、立派な道路と変りなかった。五キロほど走ったところで、私は方向を変えて車を停めた。闇が濃い。夜の底に、追ってくる車のエンジン音だけが響いている。

「広介、おまえ野球は？」

「学校で、遊びみたいにしてやるだけだよ」

「石ぐらい、投げられるな」

拳ほどの石を、私は十個ほど集めた。半分を広介に持たせる。

「そこのコーナーを出る時、多分全開にするだろう。狙うのはフロントグラスだけだ」

「わかった」

待った。これ以上いい場所はほかにない。コーナーの出際。登りの三十メートルほどの直線。右へ切れば雑木林に突っこみ、左へ切れば五メートルほどの崖下に落ちる。かなりの差が付いていたらしい。ようやくエンジン音が大きくなってきた。ライトの光。路面を照らし、残りは闇に拡散している。曲がってきた。エンジン音が高くなった。投げる。光をめがけるしかなかった。二つ。三つ目がフロントグラスに命中した。続けて、広介の投げた石も車の中に吸いこまれていく。ブレーキ音。タイヤが土を擦る音。ヘッドライトが、極端に上をむいた。空にライトをむけたまま、尻から崖を落ちていく。下はビニールハウスで、潰れていく音がした。

私は広介の肩を叩き、車に駈け戻った。

私の車のヘッドライトが、横転した大型のランドクルーザーを照らし出している。二人が這《は》い出そうとしているところだった。

すぐ上に車を停めた。落ちたと言っても、せいぜい五メートル。横転したものを起こせば、また走れるだろう。ただし、道に登るには、ビニールハウスを踏み潰しながら、五百メートル近く行かなければならない。

這い出してきた男は、全部で四人だった。四人目が、上着のポケットから黒い塊のようなものを出した。とっさに私はライトを消し、車を出した。銃声が追ってくる。車体のどこかに当たった、という感じはなかった。音からして、小口径だ。

私は銃声に馴れていた。広介はひどく驚いたようだ。

「次はベンツだ」

スピードをあげ、ライトをつけた。もう銃弾も届かない距離だ。

「銃を持ってた」

「おもちゃみたいなやつさ。怕いなら降りて、その辺に隠れてろ」

広介はなにも言わなかった。途中でスピードを落とし、左にハンドルを切って、さらに細い農道に入れた。耕運機がようやく通れるほどの道で、私の小型ジープも道幅ギリギリだった。

十分ほど走ると、もう一本の別な農道に出た。下っていく。すぐに、街と村を繋ぐ道路だった。

「さっきのランクル、ナンバーは憶えてるか?」

「いや」

「俺もだ。見ようと思った時、拳銃を出したやつがいた」

「ナンバーがいるの?」

「持主が調べられる。ベンツのナンバー、見落とすなよ」

ゆっくりと走った。まだ、交通がまったく途絶えてしまう時間ではない。街から帰ってくる村の人間もいるのだ。

さっき突っこんでいったばかりの農道の入口のところに、ベンツがうずくまっていた。ハイビーム。広介が、素早く手帳に鉛筆を走らせた。

ベンツが、私の車に気づいたようだ。急発進して、突っ走りはじめた。追っていく。そういう恰好だった。直線で引き離される。コーナーで差が詰る。

「一番でかいベンツだな」

「やくざが乗るやつだよ、おじさん」

「日本の金持ちは、大抵あれに乗ってる。やくざと決まったわけじゃない」

「でも、ランクルのやつら、銃を持ってたよ」

「やくざじゃなくても、拳銃ぐらいは手に入るさ」

下り。急な右へのコーナー。ダブルクラッチで、二速に繋いだ。

ベンツのテイルランプが迫ってきた。

「焦ってるぞ、やつら」

後ろから迫られるというのは、多分いやなものなのだろう。後部座席で、ふりむいている男の姿もよくわかった。

コーナー。二速全開。あっという間に、ベンツに並んだ。ちょっとハンドルを左へ切る。私の車のフロントバンパーが、ベンツのテイルを外側へ押す恰好になった。ブレーキを踏んだようだ。横滑りしたベンツの脇を、私の車は走り抜けた。

スピードを落とす。側溝に後輪を落としたベンツの姿が、ミラーに映っていた。

「やったな、二台とも」

「ナンバー、間違えないように書いといたから」

「上出来だ」

運転のカンも、鈍ってはいない。昔ほどの運転はできないにしても、大抵のバトルならこなせるだろう。

「あとは、関越自動車道に入ればいいだけだ」

「東京へ行くの？」

「まずはな。とにかく、どこかで軽くめしでも食おう。やつらは、当分車を動かせはしないだろうし」

街を通り抜け、しばらく走って関越自動車道へむかう道に出た。

これから十キロほど走ると、また小さな街があるはずだ。まだ、食堂が閉ってしまうような時間ではない。

第四章

1

川田がやってきたのは、午後十一時を回ったころだった。

途中のサービスエリアでホテルの予約をし、川田にも連絡を入れた。

「いきなり現われるとはね。東京にゃ、まだ森田さんの仕事はなにもありませんよ」

酒臭い息をふり撒きながら、川田が言った。

「君がやって欲しいと思うような仕事は、確かにないだろうな」

電話を二本、私は途中からかけていた。

「飲みませんか、と言ったところで森田さんは駄目なんだな。この時間に飲まない男なんて、友だちができませんよ」

「新しい友だちを作ることなんて、もう沢山だね」

「かわいがっていた犬に死なれた人間は、もう犬を飼うのは沢山だ、と言いますよね。これは、たとえが悪いかな」

髪を掻きあげ、川田はポケット瓶を呷《あお》った。口の端からひと条《すじ》こぼれたウイスキーを、無造作に袖で拭《ぬぐ》っている。

広介は、靴だけ脱いでベッドの上でうずくまっていた。二人や三人の高校生を相手の喧嘩とは、やはりショックが違ったようだ。川田も、時々広介に眼をくれているが、声はかけようとしない。

「森田さんが、夜遅く東京へやってきた。これは、かなり切迫した事態だと考えていいわけですね」

「どうかな。いつまでも切迫せずに、すべてが終ってしまうことは、人生にはよくあるんじゃないか」

「俺への皮肉ですか」

「とにかく、今夜はもういい。広介には眠らせることにする」

広介はやはりなにも言わず、ベッドで膝を抱えている。頷《うなず》き、ウイスキーを呷った川田が、一瞬だけ私を見つめて踵《きびす》を返し、部屋を出ていった。

「熱い風呂に入れ、広介。それからしばらく眠るんだ。このまま神経をささくれさせていたら、すぐに参っちまうぜ」

「覚悟はできてるよ。ぼくは参ったりしないと思う」

「参ってもいいのさ。ひと晩眠れば、回復するような参り方だったら」

広介が、ベッドから跳ね起きると、バスルームに飛びこんでいった。湯を出す音が響いてくる。そのまま、広介はバスルームを出てこなかった。

「ちょっと外を歩いてくる。俺は頭を冷やした方がよさそうなんでな。ドアにはチェーンをかけてろ。戻ってきたら、二度ずつ、三回続けてノックする」

聞えているはずだが、返事はなかった。念のため、私はキーをポケットに放りこみ、部屋を出た。

タクシー。都会の夜。光。通りすぎていく街並。シートに躰《からだ》を沈め、私は眼を閉じた。浮かんでくるものは、なにもなかった。私はただ生きていた。生きているから、なにかをしようとしている。焚火や木彫やアルコール以外のなにかを。

東京は馴染みのある街だった。東京だけではなく、ニューヨークもロンドンも、カイロもナイロビもアビジャンも、馴染みのある街だった。そこでは複雑なことはなにもなかった。人間の絡み合いも、愛憎も、組織の重層的な活動も、その気になって解明していけば単純だった。

複雑なのは、山の中のアルコールに浸った生活だった。焚火の炎ひとつ、深香木の木目ひとつ、単純ではなかった。自らの命のありようを、複雑なところへ追いこんだ結果がそれだったのだ。

二十分ほどで、タクシーは指定された場所に到着した。

佐川章子はさきに来ていた。

静かな、音楽が適度に隣席の声を消してしまう、高級な感じの店だった。上品というのとはどこか違う。高級なものが持つ、鼻につく感じはたっぷりあるのだ。

「どうしてもお話になりたいことというのは？」

「別にありません」

女の子が、控え目に酒を作っていった。私のような風体の男がふらりとやってきても、決して入れはしない店だろう。それでも佐川章子の名を告げれば、恭《うやうや》しく扱ってくれる。

私を恭しく扱っているのではなく、佐川章子を恭しく扱っているのだと、私にはっきりわかるやり方だった。

この女に似合った店だ、と私は思った。

「説明してくださいませんか、どういうことなのか？」

「私はただ、友だちが惚れた女がどういう人間なのか、知りたかっただけですよ」

「正直な方ね。大津もそう申しておりましたわ。正直すぎる人だって」

「私が正直になるのは、相手によりけりでしてね」

「いいわ。大津に死なれて寂しかったところなの。あたしをこんな時間に誘おうなんて男、滅多にいませんのよ」

かすかに笑って、章子は長い煙草をくわえて火をつけた。

「大変なお仕事をなさっていた方ですわよね。大変というのには、いろいろな意味がありますけど」

「人間的ではない仕事をしていた、と思っておられる？」

「きわめて人間的な、人間的すぎるようなお仕事だった、と思っておりますわ」

大津が惚れた。理由もなく、それがよくわかった。大津にとっては、とびきりいい女だったに違いない。

「わかりますよ」

脈絡もなく、私はただそう言った。章子は、かすかな笑みを浮かべただけだ。耳に覚えのある静かな曲が流れている。それがなんなのか、束の間私は思い出そうとした。

「大津が死んでも、大してこたえられていませんね」

「生活という面においては。結婚していたわけでも、面倒を看《み》られていたわけでもありませんので」

「心にはこたえておられる？」

「悲しみを語るほど、遠いものじゃありませんわ、まだ」

「知ってることを、私に教えていただけませんか？」

「どういう意味ですの、いきなり？」

「大津がなにをやろうとしていたか、あなたなら御存知のはずだ。つまり大津は、そういう男なんですよ。惚れた女にだけは、すべてを語ってしまうという」

「じゃ、あたしは愛されてはいませんでしたのね」

かすかに、唇の間から歯が覗《のぞ》いていた。私は、出されたウイスキーを、ひと口で呷った。

口に放りこむというような飲み方だ。

一杯だけの酒。私はいま、大津と会っているのだった。年来の友との再会の、ちょっとした挨拶《あいさつ》。

「私に帰れ、とはおっしゃいませんね」

「だからって、なにか知ってるというわけじゃありませんのよ。大津のお友だちだった。大津が生きていればそうするだろうというように、あたしはしているだけです」

二杯目の酒が注がれた。私は手をつけなかった。章子は、特になにかを喋《しゃべ》るというふうでもなかった。静かな時を愉《たの》しんでいる。ひとりでいても、充分さまになる姿だった。

「すべての鍵を、あなたが握っているんじゃないか、と私は思ってます。大津は、簡単に人に嵌《は》められるような男じゃない。惚れた女以外にはね」

顎《あご》ののびた髭《ひげ》を、私は爪で挟んでいた。一本抜けた。白か黒か。賭けるような気分だった。白。だからといって、格別意味があるわけではなかった。

「人を傷つけるの、愉しんでらっしゃるみたいね」

「老いぼれかけてますんでね。ほかに愉しみはない」

「広介君のこと、話していただけません」

章子が煙草を消した。大して煙を吐きはしなかった。白いフィルターに、血の痕のように紅が付いているだけだ。

私は、テーブルに置かれた章子の煙草に手をのばし、火をつけた。煙を吸うと、かすかなめまいがあった。指の間で燃えていく火に、私はしばらく眼をやっていた。

「大津が、惚れた女と言った時は、正直びっくりしましたね。つまり、広介を産んだ女のことですが」

頷きも笑いもせず、章子は私を見つめていた。もう一度、私は煙を吸った。

「いい大人が、尻軽娘にふり回されてるって感じでね。しかし、なぜか止められなかった。止めることが、大津に対する侮辱だというような雰囲気があったんです」

「十九だった、という話を聞きましたわ」

「広介を産んだのは、二十一の時でしたよ。一年とちょっと姿を晦《くら》ましていて、脹《は》れあがった腹を抱えて、大津のところへ戻ってきたんです。強姦された、と本人は言ったようですがね。私も、それを信じました。大津が信じると言ったから」

言葉を切った。めまいが耐え難いほどになり、私は煙草を消して指でこめかみを押さえた。どれほどの時間、沈黙が続いたのかわからない。冷や汗が少し出て、それがひくとめまいも収った。

「広介を産んでも、女は籍に入れることを拒みましたよ。勿論、結婚なんてこともしなかった。そうやって一年ほど暮して、女は死んだんです」

「病気で？」

「車で激突したそうです。そのころ、私は日本にいなかった。帰国したのは二年後で、三歳の広介は大津の養子になっていた」

「わかりませんわね」

「はじめは、私もわからなかった。大津は、みなし児にセンチメンタルな気分を抱くような男ではないんです、本質的にはね。でも、わかってきましたよ。悲しいことに、四十を過ぎてからですがね。それが、大津の女の惚れ方だった。男が女に惚れるとはこういうことなんだと、大津は私に教えてくれたような気がします」

「男というのは、そういうものですの？」

「あんな男は、滅多にいません。馬鹿と言えば馬鹿だ。計算などは、普通以上にできる男だったのに」

「不思議な二人だったんですね」

「どれだけの憎み合い、傷つけ合いがあったのか、と思いますよ。女も、大津を徹底的に試そうとしたでしょう。試しきれなかった。自殺のような死に方だった、と私は思ってますよ。死なせたのは、自分の残酷なやさしさだった、と大津は一度言ったことがあります。残酷なやさしさとね」

「わかりましたわ、もう」

「失礼だが、あなたはなにもわかってない。大津という男のこともね」

「かもしれませんわね。でも、大津はもう死にましたわ」

「教えてください」

「なにを?」

「私が知りたいことを」

「帰っていただけます、森田さん」

「頭痛でもしますか?」

「心がヒリヒリとしてますわ。粗い布でもこすりつけられたみたいに」

私は腰をあげた。章子は立ちあがる私を見つめていた。

外に出た。周囲は住宅街で、店らしい店などほとんどなかった。タクシーも見当たらない。

複雑な男と女だったのだろうか。ふと思った。章子のことではなく、大津と広介の母親のことだ。ほんとうは、信じられないほど単純なことなのかもしれない。それをただ、私が複雑だと思い続けてきた。

大きな通りに出た。

時間が悪いのか、空車が一台もやってこなかった。私は空車が見つかるまで、舗道を歩いていった。電車はもう終ってしまった時間だ。

空車がやってくる。手を挙げる。停まろうとしない。こんな場所からタクシーを拾おうとする客に、上客はいないのかもしれなかった。

2

男が二人だった。

私とわかって、立ち塞がったのは間違いなかった。ひと言も、口を利こうとしない。ただ殺気だけを漂わせていた。

「金を出せとでも言ってくれると、俺は楽なんだがね」

右の男。顎に拳を叩きつけた。そう思ったが、宙を打っただけだ。

躰が浮いている。痛みはなかった。衝撃もそれほど強いものではない。路面に落ちた。次に来る衝撃に、私は全身で備えた。来ない。そう思った瞬間に来るのはわかっていた。立てるか。それともまた打ち倒されるか。息。吸った。躰を回転させ、その勢いで立った。風。足。かろうじてかわした。同時に腰をひねって拳を突き出した。蹴れば片足で立つことになる。そう計算したわけではなかった。通りすぎていった足に、躰が自然に付いていったのだ。

腹に、ずしりとなにかが食いこんできた。もうひとりの男の靴だと気づいたのは、前のめりに倒れながらだ。息ができない。動け。自分に言い聞かせた。そうすれば、息が吐ける。そして吸える。倒れた躰をそのまま回転させた。

立っていた。ポケット。手を入れようとした時、二発、三発と食らった。四発目を、腕でガードした。肘《ひじ》。相手のこめかみを掠《かす》った程度だ。笑った顔。見えた。退がった方がいい。頭ではそう思っていたが、笑った顔に引き寄せられたように、私は前に出ていた。拳。突き出していく。相討ちだった。そう思ったが、腰を落としたのは私の方だった。靴。前と後ろから同時に躰に食いこんできた。自分の躰が、のたうっているのがわかった。立てるのか。首筋のあたりに、また靴が食いこんできた。一瞬、意識が途切れた。ほんとうに一瞬だったのか。二人は、私からすでに数歩離れていた。

上体を起こした。ふり返ったひとりが、ゆっくりと近づいてきた。膝立ちで、私は待った。靴。思った通り蹴りつけてきた足に、私は両手でしがみついた。叫び声をあげていた。立ちあがる。片足を持ちあげられて尻餅をついた男を、私は蹴りつけた。二度。三度目を蹴ろうとした時、首筋に衝撃が走った。

「甘く見るんじゃねえ。相手がどんな時だって、殺す気で蹴るんだ。こいつは、やわな男と違うぞ」

渋く低い声だった。呼吸の乱れもない声に、私は一瞬羨望《せんぼう》を覚えた。それから、自分が大の字に倒れていることに気づいた。

二人が、また歩み去っていこうとする。首を持ちあげた。時化《しけ》で揺れている船の上にいるようだ。船酔いなら、大したことはない。勢いをつけて立った。前につんのめりそうになり、なんとか躰を立て直した。

「待てよ」

声は出た。二人がふりむいた。ひとりは確実に四十を過ぎているようだ。もうひとりは、息子のように若かった。

「おっさん、倒れてた方がいいぜ」

言いながら近づいてこようとした若い方を、もうひとりが止めた。

「そんなもの出すと、これだけじゃ済まなくなっちまうぜ」

やはり渋い声だ。いつの間にか、私はナイフを握っていた。刃もちゃんと開いたようだ。刃を上にむけて、しっかりと握っている。

睨《にら》み合った。もう一度出てこようとした若い男を、男が叩くようにして止めた。

「ナイフ、どこで覚えたのかね？」

どこかで習った。どこかではない。アフリカだ。ほんとうの人の殺し方というやつを、手とり足とり教えてくれたやつがいる。

「それじゃあんた、ほんとにこのガキを殺しちまうよ。いいか、これは殺し合いじゃないんだ。こっちの仕事は、これで終りなんだから」

「俺は、仕事で、殴られたんじゃない」

「困ったね」

「俺を殺しちまえばいいんだよ。殺さないかぎり、俺は立つよ」

男の眼が、私を見つめてじっと動かなくなった。射竦《いすく》めるような眼。不意に、アフリカの情景が重なってくる。私にナイフを教えてくれた男。同じ眼だ。

「いまのあんたのナイフなら、俺はかわせるね。躰がしゃんとしてる時なら別だろうが」

「やってみろ」

「久しぶりに、やってもいいって気になってるがね。やめとこう。俺は仕事なんでね」

「怕《こわ》いのか？」

月並みな科白《せりふ》しか出てこなかった。私はナイフを握った指を、一本一本動かした。それができる程度に、握っていなければならない。それも人を殺す時の要領だ。

「怕いね」

「俺もさ。人を殺すのが、こんなに怕いもんだとは思わなかった」

睨み合った。一歩だけ、男が踏み出してきた。退がりそうになる自分を、私は必死で抑えた。頸動脈《けいどうみゃく》。心臓。下腹。狙うところによって、ナイフの構え方も違う。

どれほどの時間、むかい合っていたのか。通りのむこう側に駐車していた車が、いきなりこちらへむかって動き、クラクションを鳴らした。ハイビームに照らし出された男の顔は、青白く不健康で、どこか憑《つ》かれたような覇気に満ちていた。

クラクションが鳴り続け、進行を妨げられた車が四、五台連らなった。

二人が、私に背をむけた。待てという言葉も、クラクションに消された。追うことはできない。男と同じようには、足は動かなかった。

白いRX7。ゆっくりと路肩に寄り、クラクションもやめた。ようやく、道路では車が流れはじめた。

「運転手さん、行き先は知ってるね」

助手席に乗りこんで、私は言った。川田は、すぐには車を出そうとしなかった。

「息苦しくて我慢できなくて、気がついたらクラクションを鳴らしてた」

「助けられた礼を、言う気はないぜ」

「助けたつもりはありません。面白いんで、最後まで見物してるつもりだったんですがね。

途中で、息苦しくなってきた」

「ずっと、尾行《つけ》てきたのか?」

「これでも、A級ライセンスでしてね。少々酔ってたって、タクシーぐらいは尾行《つけ》られる。

運転手に絶対気づかれずにね」

「弁護士のやることか」

川田が、ようやく車を出した。

夜の街が、通りすぎていった。私は、こみあげてきた吐気を抑えた。耐えられないほどのものではない。

「佐川章子に用事だったんですか？」

「口説いてみたが、見事にふられたよ」

「対象外でしたよ、俺には。しかし、考えてみると、彼女が一番大津氏に近いな」

「大津を捜してる時、彼女のところへは行かなかったのか？」

「見事な応対ぶりでしてね。疑念をまったく抱かなかった。森田さんの応対は、思わせぶりだったし」

私は眼を閉じた。冷や汗が全身を濡らしている。しかし、それ以上のなにかに襲われることはなさそうだった。冷や汗がひけば、気分も戻っているに違いない。

「二人を相手に、なかなかのものでしたよ。森田さんが殴られてる時、俺は不思議に怕くなかった。正直言って、面白がって見てたんですよ。怕くて息苦しくなったのは、最後に二人で睨み合ってた時です」

「私は、ナイフを握ってたよ」

「それは見えなかったな。とにかく怕かった。人間じゃないものが二頭むかい合ってるみたいで」

「君も食わせ者だな。私は相当やられたよ。いまでも気分が悪い。そうならない前に依頼人を助けようとは思わなかったのか」

「いろんな意味で、あんたに関心を持ってましてね」

酔っているようだが、運転に不安はなかった。私に付いてこれないのは、よく知らない山道だけということか。

躰が痛みはじめていた。しかしその痛みは、どこか浅い。筋肉の表層だけが、熱を持って痛んでいるという感じだ。多少鍛えたことが、効果があったのだろうか。

「よくやりますね、二人を相手に。俺だったら、転がったまま、小便でも洩らしてましたよ」

「実際にやられてみなきゃ、わからんものさ」

ホテルが近づいてきた。

気分は、少しずつよくなってきたという感じだ。冷や汗はひいている。

「佐川章子と会うのに、なぜ広介君を連れていかなかったんです？」

「やつは、ホテルでふるえてるよ。今夜は仕方がないと思ってね」

「母親の話になるのを警戒したわけじゃないんですか？」

「さあな」

川田が、車をホテルの駐車場に入れた。

「医者を呼びましょうか。俺の友人で、すぐに飛んできてくれるやつがいます」

「ごめんだね。そんな流行《はや》っていない医者には診て貰いたくない。大した怪我じゃないことは、自分でわかるんだ」

それ以上、川田は無理強いしようとはしなかった。

エレベーターの前に並んで立った。明るい光の中で見ると、服は泥だらけで、ところどころ擦り切れていた。

ドア。ノック。二度ずつ、三回くり返した。返事はない。もう一度やった。部屋の方からはもの音ひとつ聞えない。

「外出中ってことは、森田さんは囮《おとり》で、広介君が本命だったたってわけかな」

「いるさ。鍵は持ってる」

ドアを開けた。チェーンはかかっていなかった。私が出ていった時の恰好のままで、広介は膝を抱えていた。暗い眼で私たちを見あげてきたが、なにも言おうとはしない。

「俺を締め出すことはないだろう」

広介は、ようやく私の顔の傷と、服の汚れに気づいたようだった。それでも、なにも言おうとはしなかった。

「いつまで、腰抜けをやってりゃ気が済むんだ。叩き出すぞ」

「まあ、ちょっと限界ってとこじゃないんですか、広介君」

「なにが限界だ。意気地がないだけさ」

「森田さん、広介君にはつらく当たるからな」

「やさしく当たれっていうのかね」

「そうじゃなくても、時々思いやってやるってことはできるでしょう」

「こいつは、女の腐ったような野郎さ。俺に勝とうとして、一応はなんでもやってみる。勝てないとわかると、ひとりで拗《す》ねてやがるんだ。おまけに、なにひとつとして勝てやしないことには、ちょっとばかり驚いたがね」

広介は、まだベッドの上で膝を抱えたままだ。暗い、憎悪に満ちた眼差しだけを、時々投げかけてくる。私を憎むのは、お門違いというものだ。

「これでも、喧嘩してくるんだぜ。子供相手にな。弱い者苛《いじ》めをして、喜ぶような男なんだ。だから、肝心な時になりゃ、腰を抜かしてしまう。宵の口にもな、ちょっとしたバトルをやっただけで、冷や汗をかいてふるえてやがった」

広介が、唸《うな》り声をあげてベッドから腰をあげた。唸り続けたまま、私に殴りかかってこようとする。意外な素早さで、川田が間に入った。

「放してやれ、川田。どうせ恰好だけで、なにもできやしないんだ」

広介の唸り声が大きくなった。川田の手が、派手な音をたてて広介の頬を打った。

「森田さんは、かなりひどい怪我をしてる。いま突っかかっていくのは、卑怯《ひきょう》としか言えないんだよ」

広介の唸り声が低くなった。眼から、けもののような光も消えていく。

「それに、森田さんは、わざと広介君を怒らせようとしているんだぜ。狸《たぬき》さ。それに乗るのは、利巧とは言えない」

広介がうつむいた。

引き摺《ず》るようにして、川田は広介をドアの外へ連れ出した。一度閉めたドアを開けて顔だけ出し、私にちょっと手を挙げてまたドアを閉めた。

私は、窓のそばへ行って、しばらく夜景を見ていた。掌に、ナイフを握った時の感触が蘇ってくる。

私にナイフを教えたのは、ザイールに駐留していたフランス第二外人落下傘部隊の、軍曹だった。十年ほど前のことになる。私はすでに、ロンドンのブラックマーケットとも話ができる、武器商人だった。れっきとした商社員だったが、商売の相手がブラックマーケットから武器を購入する際、陰で仲介に立つことはよくあったのだ。見返りとして、私はランドクルーザーを売ることができた。それも、時には個人的にだ。破損した車を修復する技術だけは、売らなかった。部品も、私は自分で安全な国に確保していた。

商社員の顔と同時に、武器商人の顔も持っていたのだ。

ナイフを教えた軍曹は、ブラックマーケットと繋《つな》がっていた。どういうかたちで繋がっているのか、決してわかることはないが、どこの国の軍隊にもそういう軍人はいる。時には将官のこともあり、時には下級兵士のこともあった。

あの軍曹は、私を殺そうとしていた。多分、間違っていないだろう。しかし、私にナイフを教えようとすると、必ずザイール軍の中尉がそばに立って見ているのだ。やがて、外人部隊とザイール軍の共同作戦に出動したきり、その軍曹は戻ってこなかった。中尉と会うと、白い歯を見せて笑っただけだ。そして、ブラックマーケットのある筋の通りが、政府軍の中でもよくなったのだ。それは、私が仲介しようとしている筋だった。

そこそこの仲介料を取りはしたが、私の目的はランドクルーザーを売ることだった。高性能で故障が少ないといっても、それを望むのは現場にいる兵士だけで、購入を決定する上層部には、もっと別な要素が必要なのだった。

私の躰の、左の鎖骨の下のところに、その軍曹のナイフの傷が残っている。頸動脈を切られずに済んだのは、ぶつかり合う直前に、中尉が二人の間に石を抛《ほう》りこんだからだ。私のかわす動きも、軍曹の攻撃も、少しずつずれた。

会社にとって、私は多分便利な社員だっただろう。誰もやりたがらないことをやっていた。だから、任地が変っても、仕事の内容が変るということはなかった。二年か三年に一度、申し訳程度に一年ほど日本にいると、また出ていくのだ。

ほかにも、そういう仕事をしている人間がいないわけではなかった。ただ、五、六年で疲れきってしまう。十年で、会社をやめてしまう。

私は特別タフなのではなく、会社に対する忠誠心が強かったというわけでもなかった。

戦場の、そして戦争に行く男たちの、ふり撒《ま》く投げやりな雰囲気が好きだったのだ。しかも私は、実際には戦闘には出ていかない。ほぼ安全といわれる場所から、眺めていただけなのである。

躰が痛みはじめていた。その痛みも、ようやく芯の中にまで伝わってきたという感じだ。立っているのがつらくなったが、意地になったように、私は夜景を見続けていた。東京。巨大な怪物のようなものだ。それでも、兵隊とわずかな住民しかいない砂漠と、私にとってはそれほど変りはない。

左腕が、持ちあげると痛かった。痛みは肩から肘にかけて拡がっている。腹には、わだかまったような感じがあった。それが、耐え難いほど大きくなっている。

バスルームに入り、私はトイレに胃の中のものを吐き出した。茶色く苦い液体が、少量出てきただけだった。

ベッドに倒れこんだ。すぐに眠りに落ちた。痛みの夢を見ていたのか、実際に躰が痛んでいたのか、よくわからない。

3

夜明け。

広介が、足音を忍ばせて部屋に入ってきた。私の真似をして、鍵を持ち出していたのか。それとも、川田が気を利かせたのか。

広介は、明りをつけるでもなく、ベッドに入るでもなかった。

「起こしちゃった？」

首をあげた私に、広介が言った。白い紙袋がテーブルに置かれている。

「二十四時間やってる薬屋が、東京にはあるんだよ」

躰を起こそうとしたが、すぐには思う通り動かなかった。酒をやめ、運動をはじめた翌朝の躰の感じに似ていた。運動することで、私は自分の躰を殴り、蹴りつけていたということだろうか。

そんなことを考えて、私は苦笑した。躰を苛めることは、誰にでもできる。

上体を起こし、ちょっとほぐした。それからベッドを降りた。

「走ってくる」

「無理だよ。怪我してるのに」

「そうすれば、いくらかよくなりそうな気がする」

部屋を出ると、広介が慌てて付いてきた。

思った以上に、走ることはできた。吐く息の白さが、はっきり見える明るさになっている。さすがに、風は冷たい。

「いつもより、ピッチは落ちていたかな?」

ホテルの小さな庭に戻ってくると、私は広介に訊《き》いた。広介は、小さく首を横に振った。

左腕が、走っていても動かない。ピッチは落ちていたはずだ。躰をほぐそうと腰を回しても、いつものように軽くは動かなかった。骨がきしんでいるような感じだ。

部屋へ戻った。

熱いシャワーを浴びる。長い時間、立ったまま湯に打たれてじっとしていると、心配になったのか、広介が声をかけてきた。

バスタオルを腰に巻いて、鏡にむかった。ひどい顔だ。しかしほんとうのひどさは、のびた髭がかなり隠している。躰の痣《あざ》の方が、こうしていると目立った。

「湿布を買ってきたんだ」

広介が、白い紙袋を開いた。多分、川田が勧めたのだろう。明け方まで、川田とどういう話をしていたのかわからない。

「左腕が動かないみたいだし、ちょっと貼っておいた方がいいと思う」

払いのけようとした手を、途中で止めた。頑固すぎる。そんな気がしたのだ。

「きのう、俺は酒を一杯ひっかけ、煙草を一本喫ったよ」

「なぜ？」

「勧められたから。いや違うな。眼の前にあったからだ。そして、友だちが惚れた女がいた」

「それが、理由になるわけ？」

「時にはな」

笑うと、広介も笑い返してきた。広介の笑顔を見るのは、久しぶりのような気がした。

腰を降ろした私の背後に回って、広介は湿布を当てはじめた。

「悪かったと思ってる」

「なにが？」

「おじさんに、殴りかかろうとしたこと。あんな真似、するべきじゃなかった。やっぱり、言われる通りの腰抜けなんだと思った。おじさんなら、ぼくを死ぬまで殴ったりもしないだろうし。いろいろ考えた。やっぱり、死ぬのが一番怕い」

当たり前のことを、当たり前に怕がっているだけだ。腰抜け呼ばわりされることではない。

戦場に行く若い兵士を、何人も見てきた。撃ち合いをしている時は、怕がっているに決まっている。それでも、行かなければならないのだ。砂漠での、ランドクルーザーの操り方を教えるぐらいで、彼らと同等の体験をしているのだと、思いこんだ時期が私にはあった。

「おまえの親父が、最後に俺に電話をしてきた時」

湿布を貼る広介の手が、途中で止まった。私は、言葉を呑みこんでいた。ちょっと首を動かす。

「やっぱり、死ぬのが怕い、と言ってたよ」

「そう」

ほんとうは、頼む、とひと言いっただけだった。広介を頼む。それも、ちゃんと生きていけるようにしてやってくれ、と言われたのだとは思わなかった。ひとり前の男にしてくれ。そう言われたに違いないのだ。

言われたところで、広介をどう扱えばいいのか、私にはわからなかった。酒をやめ、躰をしめ直した。それと同じことができないと、広介を馬鹿にした。無視もした。十六の少年を、どうやって男というものにしてやればいいのか。自分で男になっていくしかない。四十八歳で老いぼれかけた私には、それだけはわかるようになった。

大事なのは、そばにいる私自身が、男であることを忘れないことだ。

広介に言ってみても、はじまらなかった。いまは、待つことさえもできない。周囲は動きはじめているのだ。

躰じゅうが湿布だらけになったが、悪い気分ではなかった。痛みが、湿布の中に吸い取られていく、という気がしてくる。

「朝めしには、いい時間かな」

「まだ早いけど、下のカフェレストランは開いてるよ」

「食っておこうか。胃が変なのは、空っぽだからって気もする」

「わかった。ぼくもすぐシャワーを浴びるから」

川田と、どんな話をしたのか訊きたかった。うまく言葉が見つからない。椅子で、ぼんやりとしていた。広介は、すぐに湯気の立つ躰で出てきた。普通の少年だった。親父を失うまでは、どこにでもいる少年だったのだ。揺れ動くのは当たり前だった。そしていい方へ、広介はむかおうとしている。それを叩き潰《つぶ》したのは、いつも私だった。

「おまえが望むことは、多分してやれるだろう。どこかに部屋を借りて、学校に通いたければ、そうもできる。大学を卒業して社会に出るまで、充分なだけの金をおまえの親父は残してる」

「どういう意味？」

「そういうものを望んでいるんじゃないか、とふと思った」

「望んでることは、最初に言ったよ。自分が望んでいることを、望んでいる通りにできるかどうか。ぼくにはそれが問題だったし、いまも問題だ」

私は腰をあげた。じっとしていると、躰を動かしはじめた直後は、やはり痛かった。エレベーターまで歩く間に、痛みは動きの中に紛れていく。

コンチネンタルスタイルの朝食をとった。私はトースト半分で、広介は二枚食べた。

「戦争へ行くと、死ぬのも怕くなくなるわけ？」

「兵士だって、怕がってると思う。俺は戦争に行ったわけじゃないんでね」

「ナイジェリアは?」

「あれも、戦争に行ったわけじゃない。戦闘に巻きこまれた。それだけのことさ。戦闘にかぎらず、自分の意志以外でそうなってしまうことは、人生によくあると思う」

「でも、闘ったんでしょう」

私が実戦に参加したのは、それ一度きりではなかった。五十人、十台のランドクルーザー。訓練部隊の編成だった。実戦装備はしていたが、自動小銃と手榴弾とランドクルーザーに備えつけた機関銃があるだけだった。

対戦車ミサイルを装備して訓練をするような相手ではなかったのだ。五十人のほとんどは、入隊したての新兵だった。黒い兵士たちだったが、笑うと白い歯が覗いて、いかにも少年だった。中には、広介と同じぐらいの年齢の少年もいたはずだ。

四百近い規模の敵に、襲撃された。砂漠の中央である。敵の装備は、自動小銃と手榴弾だけだった。うまくランドクルーザーの機関銃を使えば、勝てるはずの相手だった。

指揮をしていた少尉の、実戦経験が浅かった。最初にパニックを起こしたのが、その少尉だったのだ。教育部隊と見た敵の攻撃は、激しくなるばかりだった。運転のインストラクターとして随行していた私が、指揮をとるしかなかった。皆殺しにする勢いの攻撃だったのだ。

まず、隊を二つに分けた。機関銃をフルに使えるように、並走しての退却を命じた。意識のどこかに、半分を犠牲にするしかないというひらめきがあったのだ。自分が、どうやれば生き残れるかを、まず第一に考えたのだろう。かなり長い期間、私はそれを否定し続けてきたが、いまならそういう考えがあったことを認めることもできる。

囮となった五台が走る間、私の率いる五台が、敵の右翼に回った。それからさきは、運だった。敵は逃走しようとする五台を追い、それを横から私が妨害し続けた。私の操る車が先頭にいるだけで、敵に手強い動きに見えたのだろう。

最後は、砂丘の谷間の敵に、私自身が機関銃で掃射を浴びせた。あったのは恐怖でも敵《てき》愾心《がいしん》でもなく、快感だけだった。

結局、五台のランドクルーザーが潰れ、二十八人が死傷していた。私が率いた隊は、一台のランドクルーザーと、四名の死傷だけだった。

それから一年ほどの間、私は実戦に魅入られたようになった。無論、参加する資格も理由もないのだ。鼻が実戦を嗅ぎつけると、どんな訓練にも随行を申し出た。都合三度、実戦に参加した。それは結果で、私は毎日のように実戦を望んでいた。

やがて、任地が変った。それがなければ、私は本物の兵士になっていたかもしれない。

「いままで、おじさんどれぐらいの国へ行ったの？」

「忘れたな。アフリカ、中東、中米、南米。パリやロンドンにいたこともあるが、そんなとこの方が多かったよ」

「面白かった？」

「仕事だぜ」

「おじさんは仕事を面白がってる、と親父が言ってたことがある」

「大津には、そう見えたかもな」

実際に、面白がっていた時期はある。というより、ものに憑かれていた時期というべきなのか。

最後の任地は、やはりアフリカの砂漠の国だった。しかし私には、支店長という肩書さえ付いていた。ランドクルーザーだけを扱う、というわけにはいかなかった。それでも、私がアフリカに作りあげた、車の修理システムは健在だった。私が、戦場から破損した車を集めていた時ほど効率はよくなかったが、大破して使い物にならない車を四、五台集めて、動く車を作りあげることはできたのだ。

四十を過ぎて、私は疲れはじめていた。インストラクターとして、ランドクルーザーを持って出かけていっても、そこの若い兵士と一緒に体力トレーニングをやることなどなくなっていた。砂漠での、戦闘を想定した走行には、それなりの体力がいるものなのだ。

四年前の八月、私は二十五台のランドクルーザーを、ベイルートへ運んだ。会社の売り物ではなかった。修理して、新車同様の化粧をしたもので、銃座どころか、ロンドンのブラックマーケットで調達した、機関銃まで装備していた。

それらの車が、どういう勢力に使われるのか、大きな関心は持たなかった。それまでも、一度も持ったことがない。

難民キャンプの襲撃に、私が売った車が使われたのを発見したのは、まだベイルートにいる間だった。どこの誰が、襲撃したともわからない、と言われていた。ひどい虐殺だった。女や子供まで、というより死者のほとんどが女や子供だったのだ。

蠅《はえ》のたかった屍体を見て、私はその場で嘔吐《おうと》した。軍隊同士のぶつかり合いには、どこか機械と機械のぶつかり合いという感じがある。死者は、破壊された部品である。実際、そんなふうに勘定されるのだ。女や子供の屍体を、部品として数えることはできなかった。

難民キャンプの反撃は弱々しいものだったらしく、私の売った車は一台が破壊されているだけだった。

私が辞表を提出したのは、それから六ヵ月後だった。

責任を取ろうと思った。道徳的な気分で、そうしたわけではない。道徳という面から考えれば、その事件も含めた私の過去は、責任など取りようのないものだった。

疲れきった。女子供の屍体の山を見た瞬間に、疲れきった。多分、それが一番大きかった。ただ、自分が疲れきっていることを納得するほど、私は老いていなかった。責任という言葉も、私には必要だったのだ。

会社は、国内の楽なポジションを用意することで、私を慰留しようとした。それも、かたちだけだった。私がすでに廃兵であることを、会社は私よりよく見抜いていたのだろう。

私の代りを、いまは会社の誰かがやっているはずだ。運転技術こみの売り方はできないだろう。私の、砂漠での運転技術は、フランスのラリードライバーに教えられたものだった。その男は、トレーニングのためにモロッコにやってきていて、私と友だちになった。

砂漠や土漠のラリーを計画していたが、結局実現しなかった。

ラリーは、出場する車を改造する場合が多い。その男はやがて、車の修理や改造だけをするようになった。つまり、私と組んだのである。アフリカのある国にある、私の修理システムは、いまはその男ひとりでやっているはずだった。

私の酒浸りの生活は、それからはじまった。

「男っぽい仕事をしてる、と親父はいつも言ってたよ」

「なにが男っぽいってんだ?」

「ほとんど海外の、それも危険なところにいて、日本に戻ってきた時は真黒に陽焼けしてて。親父から言われてたからかもしれないけど、子供のぼくが見ても恰好よかった」

「なるほどな」

最後のコーヒーに、私は口をつけていた。広介の皿には、まだベーコンが少し残っている。それでもう一枚パンを食べるかどうか、考えている様子だった。

「男っぽい仕事か」

男っぽくても、男であったことはなかった。ただの一度も、男であったことはないのだ。

そういう私に、大津は広介のなにを託そうというのか。

「早くしろ。行くぞ」

「どこへ?」

「三道商会の三雲を、まずマークする。渋谷かどこかに住んでるはずだ」

「住所、わかんないの？」

「調べてあるさ」

私は、ナプキンを畳んでテーブルに置いた。

4

三雲は、めずらしくアメ車に乗っていた。キャデラックだが、私が知っているキャデラックと較べると、かなり小さい。

運転手は付けず、自分でハンドルを握っていた。

「時間は、あまりない。二度も襲われてるわけだしな」

「三度だよ。おじさんの躰は、湿布だらけじゃないか」

「そうか、三度か」

昨夜襲ってきた連中が、章子が雇ったのかどうか、私は決めかねていた。前後の情況を考えればそうだが、あまりに見え透いていることも確かだ。そういうことを、やりそうなタイプとも思えない。

「まあ、いい。三雲に、ちょっと付き合って貰おうじゃないか」

朝の出勤時間と重なっているのか、車はかなり多かった。それでも、昼間の渋滞の時よりは少ない。

ブルーのキャデラックを、私は左から抜き、前に出、スピードを落とした。私の車だ、と思っている様子はない。無茶な抜き方をした車が、突然気を変えてのんびり走りはじめたと思ったようだ。先行車と三十メートル近く開いた私の前に、左車線から次々に車が入ってくる。苛立ったように、二度ばかり三雲はクラクションを鳴らした。私はスピードをあげなかった。まるで舌打ちのように、キャデラックは左へウインカーを出した。

抜きにかかってきた時、私も左へハンドルを切り、ウインカーを出した。接触すれすれのところで、三雲はブレーキを踏み、ハンドルを左へ切った。私は、シフトダウンをして加速していた。

キャデラックが、ガードレールに鼻さきを擦りつけ、横になって停るのが見えた。私は、ギアをバックに入れた。

「ウインカーはな、車線変更する前に出すもんだぞ」

左に車を寄せ、降りてきた三雲が怒鳴っている。まだ私だと気づいていないようだ。

「修理工場へ行きますか。だけど、自損事故だな、これは」

「自損だと」

言って、三雲は私の顔を見つめ直した。

「あんた」

「憶えててくれたのかな」

「どういうつもりだ？」

「車で話しましょう。ここじゃ目立ちすぎる」

三雲が、曖昧《あいまい》な頷き方をした。私は躰を寄せ、ポケットのナイフをチラリと三雲に見せた。舗道の人通りは少ない。道路を車が走りすぎていくだけだ。広介が、素早くキャデラックに乗りこんでいた。

「確実に、警察沙汰になるな」

「警察？　修理工場へ行こうとしてるだけなのに。早いとこ乗れよ。逃げようとしたら、あんたが人間の修理工場へ行くことになる」

意外に大人しく、三雲はキャデラックに乗りこんだ。私は助手席で、三雲の腿《もも》にナイフを当てた。

「俺を威《おど》したって、金なんか出てきやしないぜ」

「金はいらんよ。契約書になんて書いてあったのか、それが知りたい」

「契約書ね。やっぱり、持ってたわけじゃないな。半信半疑だったが」

「連帯保証人を、二人立てたそうだ。ひとりはあんただね」

「ナイフ、収《しま》えよ。いや、持ってた方がいいかな。ナイフを突きつけられて喋ったという理由は成立するしな」

「喋ってくれるなら、どっちでもいいがね」

「確かに、私は連帯保証人になった。あの契約書は、土地の売買契約書じゃない」

「なんだね、それじゃ？」

「契約書だよ。土地の代金は一年後に完済するという。完済できない場合、連帯保証人が払うということになるわけさ」

「一年後ね」

「大津さんには、金がなかった。しかし、一年の間に作れる目処《めど》はあったわけだ」

「いつのことなんだ、それは？」

「十月に入ってからだから、まだふた月にはならないな」

私は道路の方に眼をやった。車は、相変らず走り過ぎていく。前方には、私のジープのかわいいテイルが見えた。広介は、後部座席でじっとしている。

「もうひとりの保証人は？」

「私はひとり目だった。もうひとり、信用のできる人物を立てる、とは言ってたがね」

「いいのかね、そんないい加減なことで。下手をすると、支払いの義務があんたに回ってくることだろう」

「出来レースだった、もともと。すべてを仕切ろうと考えてた男がいてね。大津さんも、それを知っていたはずだ」

「ほう」

「騙し合いだね。大津さんは、うまく一年持ちこたえられれば、あの土地を購入価格の倍で売れた。もうひとりの方は、東西開発の眼をくらませるために、地主と縁の深かった大津さんの存在が必要だった。あそこは、東西開発の、リゾートタウン計画地でね」

「誰なんだ、もうひとりは？」

「捜せよ。私は、その男の名前を言うことはできない」

「斉木と大津は、縁が深かったのか?」

「十年ほど前、共同で事業を興《おこ》した。もう四年も前に解散したはずだが、うまくいって、お互いに儲けたはずだ。それ以上のことは知らないが、共同で事業を興すといえば、十年よりもっと前から、お互いを信用する関係だったということだろう」

「なるほどね」

「大津さんも、欲を出しすぎた。ある男の筋書き通りに動いていれば、一億の儲けにはなっただろうし、その後の事業からもいくらかは吸いあげられたはずだ」

「みんなの欲が絡んでるんだろう」

「そうだな」

三雲は、多少の儲けを期待して名義を貸しながら、儲けそこなったという口なのだろう。だから、喋っていいことは簡単に喋る。

考えてみれば、大津と仕事の話を詳しくしたことはなかった。なぜ友人になったかも、きっかけは思い出せない。友人になったのは、好きになったというだけのことだ。男と女ではない。二年や三年会わなくても、友人は友人だった。

「いいかね、そろそろ」

「これ以上は、喋りたくないということだね。ところで、朝日連合というのは、知ってるか。新宿の組織だそうだが」

「いや」

「赤坂の、クラブ『シルバー』は？」

「よく行くよ。いろんな人間がいるね、あそこには。若い子を揃えて、銀座とはまた違った雰囲気があるし」

「それだけか？」

「私にとってはね」

「車、傷つけて悪かったね。キャデラックは嫌いな車じゃない」

「このところ、ツキには見放されてる。大きな勝負はしないようにするよ」

三雲の、痩せた顔が笑った。

私は広介を促して車を降り、自分のジープに乗りこんだ。キャデラックがそばを走り去っていく。

「千葉に行こうよ、おじさん」

「斉木か」

「山の中で引っ張り回したベンツ、斉木のものだよ。川田さんが、ナンバーから調べてくれた」

「ほう。なぜ最初に言わなかった？」

「三雲って人の話を聞くのも、無駄じゃないと思ったから」

「考えるだけは、考えたわけだ」

川田に電話を入れたのは、夜だった。それから私たちがホテルに到着するまでに、川田はナンバーから車を割り出したということか。弁護士なら、特別なルートを持っているのかもしれない。

私は、千葉方面に車をむけた。

斉木が入院している病院に到着したのは、十時を回ったころだった。

もう車椅子ではなく、看護婦に付き添われて庭をのんびり歩いていた。

「いいリハビリですね」

「誰だったかな？」

「大津ですよ」

「なるほどな。なんとなく憶えている」

「よく憶えておられるはずですがね」

斉木の眼が、海の方をむいた。南房総らしく風は暖かいが、斉木は厚いガウンの上に、さらにマフラーを巻いている。

看護婦がなにか言われると、ちょっと頭を下げて病棟の方へ歩いていった。

しばらく、斉木は海の方に眼をやったままだった。マフラーの端が風に靡《なび》いている。立っていると、意外に姿勢がよく、背の高い老人だった。

「契約書、ないと困るんじゃないですか？」

「どうかな」

「大津が死んだんで、二人の連帯保証人に、あなたの土地を買う権利ができた。義務だったものが、権利になっちまってる。つまり、あなたがほかに売りたくなったからです」

「見せてみろ」

「三雲氏は、訴訟など起こさんでしょう。楽をして金を儲けようというタイプだ、あれは。もうひとりが問題だな」

「なにも起きんよ、もう」

「私が起こしますよ」

「ほう」

「大津は、殺されたんですからね」

「欲を出しすぎた。大津の馬鹿も、私もだ」

「後悔しておられる？」

「なにをだね。大津が死んだことか。それは自分で掘った墓穴だ」

「あなたの敵は、どちらですか、東西開発と新星土地の？」

「物件は、東西開発が手にするだろうな。私には、もう関係ないが」

「いいんですか、そんなことを言って」

「契約書が出てくれば、不履行ということになる。しかし、もう出てこない」

「わかるんですか。時間が経ったから？」

「そういうもんだよ」

「この子の鞄《かばん》の中から見つかった。はじめはなんだかわかりませんでしたがね」

「森田さんだったね。もう、よせ」

「よしませんよ」

「私も、かなりきわどい商売を続けてきた。それなりに修羅場もくぐったんだよ」

「逆に威されてるな、私の方が」

「私にも大津にも、それぞれに思惑があった。大津の思惑は破れて、私は勝った」

「つまり、大津と争ったんですな」

言うと、斉木はかすかに笑った。

「結局は、大津の意地が、身を滅す原因だったんだよ。意地を張らなかった私は、こうして生きてる」

この老人は、大津を好きだったのかもしれない、と私はふと思った。

斉木は長いものに巻かれ、大津はそれを拒絶した、というような言い方に聞える。広介は、黙って斉木のそばに立っていた。

「契約書は、あるんですよ。どういう効力を持ったものか、川田という弁護士に、これから見せるつもりです。私は、その方面にはまったくうといものですからね」

答えず、斉木は病棟にむかって歩きはじめた。一歩一歩という感じで、その後ろを私と広介が付いていく。

「千葉で終るね、私は。それはそれでいい。もう歳だ。一時は、大津に言われて、夢を追ってみようという気になったが」

病棟の入口のところで、看護婦が待っていた。壁際では、五人の老人が気持よさそうに陽に当たっている。

病棟の中の暖房は、むしろ屋外より低い程度だった。

「自分を守るね、森田さんは？」

「仕方なくね」

「私もだよ」

どういう意味かは、いずれわかるだろう。わからせるために、斉木は言ったのだ。

斉本が拒んだので、私たちは病室に入れなかった。ドアが開いた時、ソファから立ちあがる人影が見えた。見た顔だ。セールスマンのような笑顔で私の小屋を訪ね、大津に逮捕状が出たことを知らせた男だった。斉木の秘書かなにかという感じだ。

「行こうか」

広介が頷いた。

東京にむかう間、広介はずっとイヤホーンを耳に当てていた。英会話学習用のテープに、三雲と斉木の話を吹きこんだのだ。

「複雑すぎて、なにもわからない」

「単純さ。単純なことなんだ」

「どこが?」

「みんな、欲で動いてる。おまえの親父も含めてな」

「正義のために、親父が殺されたんだとは、思っちゃいない。ぼくの親父が殺された。それだけだよ」

「見ろ、単純なことじゃないか」

「親父が殺された」

「俺にとっては、友だちが殺された」

大してスピードはあげていなかった。

東金《とうがね》道路に入るあたりで、車が二台追いついてきた。挟まれたような恰好になる。

広介は、助手席でじっと身を固くしていた。一旦車を停めた。前後の車から、男が四人降りてくるのが見えた。ギアをバックに入れ、回転をあげてクラッチを繋いだ。車体の衝撃。二メートルほど、後ろの車を押した。四人は跳びのいている。

エンジンはかけたまま、そこで車を停め、サイドブレーキを引いた。

「棒は持ってきてあるよな、二本」

かすかに、広介が頷いた。

後部座席に手をのばし、私は棒を一本摑《つか》んだ。

「怕いなら、おまえはここでふるえてろ」

斉木が自分を守るというのは、この程度のことなのか。四人の中には、あの秘書らしい男も混じっている。ほかの三人は、荒っぽいだけの連中のようだ。

「社長は、いまあんたにあまり動いて欲しくないそうだ。それを伝えて、返事を聞いてこいと言われてる」

「貰って来いと言われたのは、返事だけかね？」

「売る物があるなら、百万程度で買ってもいいそうだ」

「気の弱い男だな。だから、長いものに巻かれて、コップ一杯の甘い水が一滴の雫《しずく》になっちまうのさ」

「返事は？」

「くそくらえ」

「売る物は？」

「魂だけだ。百万が百億でも、売らんね」

「わかった」

三人が踏み出してきた。二人は匕首《あいくち》を抜き、ひとりは木刀を握っている。

「殺そうって気かい？」

「場合によっちゃな」

木刀を握った男だった。その男にむかって、私は一歩踏み出した。横から、匕首の光が飛んでくるのが見えた。それが私の躰に届く前に、棒を横に薙《な》いだ。左腕に痛みが走った。棒はかわされている。

木刀が振り降ろされてきた。跳んだ。左。風が肌を打つ。私も棒を振り降ろしていた。樫の木同士がぶつかり、澄んだ音があがった。男は、掌がしびれたのか、木刀を路上に落とした。

右からの白い光。かわした。そこへ左からまた匕首がきた。倒れることで、かろうじてかわした。路面を転がりながら、棒を横に薙ぐ。路面を擦っただけだ。男が木刀を拾いあげているのが見えた。

立った。白い光。後ろに反ってかわした。腹にずしりと一発きた。靴だ。前のめりに倒れた。木刀が背中に打ちこまれる。当たったのは、先端だけだ。

もう一度、まともに顔にむかって木刀が振り降ろされてきた。両手で支えた棒で、それを受けた。仰むけのまま、足を飛ばす。男が離れた。転がるようにして、私は立った。

まだ、あまり息はあがっていない。むしろ、男たちの呼吸の方が荒らかった。気持は落ち着いている。死んでもいい、という気分がどこかにある。だから、躰を動かした分しか、呼吸は乱れない。生きたい。死ぬのが怕い。それが心も躰も緊張させるのだ。そして息が乱れる。

右からだ。私は思った。左からの匕首。怕がっていて、届く距離ではなかった。私は動かなかった。正面の、木刀を握った男だけを見据えている。右。来たと思ったと同時に、私も右へ踏み出していた。二の腕のあたりに、かすかな痛みが走った。掌には、したたかな手ごたえがある。

匕首を放り出した男が、うずくまっていた。路上に転がった匕首を、セールスマンが拾いあげる。そちらにむかおうとすると、及び腰で数歩退がった。颪。背後から。背中を掠《かす》っただけでかわした。次の一撃。かわしようもなかった。私は男の手もとに飛びこみ、木刀を握ったあたりを脇腹に受けて、衝撃をやわらげた。

組み合う恰好になった。背中。匕首が来る。そう思ったが、叫び声が聞えただけだ。広介。匕首を握った男を、滅多打ちにしていた。叫び声はあげ続けたままだ。

私は、木刀を持った男を突き放した。睨み合う。一瞬だった。木刀と棒がぶつかった。男の全身が、束の間動きを止めた。もう一度打ち合う。木刀が飛んだ。その時、私は男の脇腹に棒を打ちこんでいた。

うずくまり、転がった男が、しばらく経ってから呻き声をあげた。

広介は、まだ匕首を握った男を追い回している。棒が、後ろから男の頭部を打った。男が膝を折る。

「もうひとりだ」

私が言うのと同時に、広介は叫び声をあげてセールスマンに突っこんでいった。車に逃げこもうとし、ドアノブに手をかけたところで、セールスマンは広介に捉えられた。棒を肩に打ちこまれる。車に凭《もた》れるようにして、セールスマンは膝から崩れた。

背後から、私は広介を抱きとめた。放っておくと、頭を叩き割りかねない。私に組みとめられたまま、広介は叫び声をあげ続けた。それから静かになった。

「行くぞ」

ジープに飛び乗り、サイドを降ろした。

「助かったよ」

私の呼吸より、広介の呼吸の方が乱れていた。

「おまえが来てくれなかったら、俺はやられてた」

「どうってこと、ないよ」

「四人いた。二人は、おまえが片づけてくれた」

しばらく走った。東金道路の入口が見えてくる。

「よくわからない。自分がなにやったか、俺、よくわかんないよ」

「おまえは、自分のことを俺と言え。その方が似合ってる」

握りしめた棒を、広介は放そうとしていた。指が強張《こわば》ってしまっているらしい。

「刃物を握った男、二人だぜ。おまえがその棒でぶちのめしたのは」

ようやく、棒が離れたようだった。

どんなふうに身を守るつもりか、斉木は確かに教えてくれた。どんなふうに反撃するのか、私も教えてやった。

「はじめは、怕かった」

「当たり前のことを言うな。やれるかやれないかが、問題なんだ」

スピードをあげた。私の小型ジープでは、せいぜい百五十キロだった。

5

川田の事務所は、御茶の水と大手町の中間あたりにあった。事務員もいなくて、川田ひとりだった。

「留守番電話という、便利なものがありましてね」

「それでも、流行ってませんと教えてるようなものだぜ」

「特別に、声優をやってる女性に吹きこんで貰ったものでね。聞けば、みんなうっとりするんです」

薬局で買ってきた薬を、広介は拡げていた。右腕の傷は、縫わなければならないほど、深くはないようだ。

消毒液と繃帯で充分だった。背中や脇腹に、新しい打身があった。それには湿布を当てた。

「まさに、満身創痍《そうい》ってやつですね。こいつはすげえや」

「笑うなよ」

「呆れてるだけです」

「同じようなもんだがね」

広介の手当てが終り、私はシャツを着こんだ。

「おまえ、怪我は？」

「どこも。大丈夫だと思う」

「ほう。広介君も怪我をするような事態だったたってことですか」

「昼めしがまだなんだ、川田さん」

「奢《おご》りますよ。どうせ俺もまだだし」

午後一時を回っている。

川田が、くわえ煙草で受話器を握り、カレーライスを三つ註文した。

雑然とした事務所だ。電話も、書類の間から引っ張り出したという感じだった。吸殻が山盛りになった灰皿が、見えるだけでも三つある。

「コンピュータまで備えて整然とした法律事務所は、儲かってる。つまり、まともな仕事をしていない。ちゃんとした仕事をやろうと思うと、弁護士の仕事は手間がかかって大変なもんです」

「ウイスキーの瓶が転がってないな」

「これで、空瓶が転がってたんじゃ、やってきた依頼人も逃げちまいますよ。書類が散らばってるのは、いかにも細事にこだわらない弁護士のような印象でいいんです」

「それか、君の狙う線は」

「ちょっと頑固で、偏屈で、一旦気を入れると、凄腕の弁護士。狙うところとしては、悪くないでしょう」

私たちが喋っている間、広介はまたイヤホーンを耳に当てていた。

「理解できない世代だな。言葉の中から、なにかを拾い出すことを、諦めない」

「まあ、森田さんみたいに、数字がすべての世代に育てられたんですから。教育も、言葉で、言葉だけで受けてるんですよ」

「俺のどこが、数字がすべてなんだ」

「世代ですよ。世代がそうだってこと。日本の高度成長期を担った世代だ」

「罪かね、それは？」

「ある面では。反戦運動をやりながら、なぜこいつらがいたんだ、と俺はよく思いましたよ。俺より、ほぼ一世代上の連中ね」

「君らの反戦運動は、実質がなにも伴っていなかった。マスターベーションみたいなもんだったね」

「認めるところはあります。数字がすべての世代の次に、マスターベーションの世代があるんだ」

カレーライスが運ばれてきた。

スプーンを使っている間も、広介はイヤホーンを耳に当てている。ところどころ、巻き戻して、聞き直したりしていた。それでも、皿を平らげたのは、広介が一番早かった。

「人には立場ってやつがあるぞ、広介」

「どういうこと？」

イヤホーンをはずし、広介は腕組みして考えこんでいる。

「ほとんどの場合、当事者というのは、自分を中心にして、相手がどう見えているかしか語らないものなんだよ」

私から会話を引きとった恰好で、川田が言った。喋るのは、弁護士に任せておいた方がよさそうだ。

窓を開けると、下は路地だった。エレベーターもない、古い四階建ビルの三階である。暖房も、石油ストーブを使っているようだ。土地の値上がりを待って、家主が壊さずに安い値で貸しているというところか。

一年間の支払い猶予付きで、連帯保証人を二人立てて、大津は斉木から土地を買おうとした。二人に、それなりの関係があったから、成立したことだろう。

大津も、きっかけは新星土地の要請を受けて動いたというところかもしれない。それが、とんでもない値になる土地だということは、すぐに気づいただろう。あるいは、はじめから知っていて、大津と斉木の二人で打った芝居なのかもしれない。

それから、事態が動いた。

斉木が東西開発に取りこまれたのがさきなのか。大津が、勝手に動きはじめたのがさきなのか。契約書がある以上、土地は大津のものと言ってよかった。ただ、どちらかの会社が買ってくれないかぎり、あそこの土地には意味がない。そこで駆引がはじまる。

斉木を取りこんだところで、大津の契約書を手にしないかぎり、東西開発はどうしようもなかっただろう。大津の契約書を握っていれば、新星土地は東西開発に勝てる。たとえ大津が死のうと、二人の保証人の権利というやつがある。

逃げ回りながら、大津は値を吊りあげていく。この場合、土地の価格であろうと、契約書の値段であろうといいのだ。

やりすぎた。そういうことだろう。もっと簡単な理由でも、人は殺される。

結局、東西開発と新星土地のどちらかが、大津を殺したのだ。考えてみれば、そんなことははじめから見当のついていることだった。問題は、どちらなのかということだ。

「考えてますね。森田さんも」

広介に喋りたいだけのことを喋ったのか、川田が声をかけてきた。

私は窓を閉め、ソファに腰を降ろした。

「東西開発が、いまのところ契約書を盛んに欲しがってる」

「そうでしょうね。新星土地は、それを持ってるだけでいい。東西開発が、リゾートタウン計画を実行に移した段階で、契約書をたてに土地売買無効の訴訟を起こす。勝とうが負けようが、結論が出るまでに十年。その間工事は凍結。十年もいらないでしょう。二年、もしくは一年足らずで、東西開発は潰れる」

「見えてくるな」

「そう。大津氏を殺したところで、東西開発にとっては、なんのメリットもない。逆に保証人が権利を主張しはじめて厄介になる。契約書を持っていれば別だが、そうでなけりゃ、大津氏を巻きこむしか方法がないんです」

「死んだいまは、なんとか契約書を手に入れるしかないわけだ。一度目も二度目も、襲ってきたのは、斉木のところの者だ。今日もさ。もっと腕のいい連中を雇えばいい、と思うがね。俺の小屋にやってきたのも、斉木の秘書らしい男だった」

「昨夜、あんたを襲った二人組は？」

「あれはわからん」

「佐川章子。違うかな」

「情況としてはそうなんだが、見え透いている」

「確かに、それは言えますね」

広介は、黙って私たちの話に耳を傾けていた。少なくとも、テープよりは見えるものが見えてくるだろう。

川田が、腕時計を覗きこんだ。

「もうしばらくしたら、報告が入るはずです。佐川章子を、洗わせてるんです。東西開発か新星土地と、なにか絡みが出てくるかもしれない」

「なぜ？」

広介が訊いた。

「連帯保証人の、もうひとりは彼女かもしれない、と俺は狙いをつけてるんだよ。どうですかね、森田さん？」

「それ以外に、考えられんね。もうひとりは、捜す必要もないと思ってた」

「どうして、そんなことが？」

「おまえの親父は、そういう男だった。女に惚れると、その女に自分のすべてを預けてしまう。多分命までな。預けられてると、気がつく女もいれば、気がつかないのもいるだろう。そんな、博奕《ばくち》みたいな惚れ方をする男なんだ。そして、そのやり方を、どこまでも押し通そうとする」

「女の問題については、俺はなにも知らされなかったから」

「しかし、そうだ。そういう男なんだよ。女以外のことでも、わかることはあったはずだ」

「わからなかった」

「そんなもんかな。家族に対しては、違う顔を持っていたのかもしれん」

私は、ソファの上でのびをした。全身の骨が悲鳴をあげた。

十分ほど、三人とも沈黙していた。

電話が鳴った。三度のコールで、川田がとった。短い相槌《あいづち》を打ちながら、メモに鉛筆を走らせはじめる。首と肩で受話器を挟んだ恰好は、弁護士というより新聞記者という感じだ。眼は、やはり愛玩犬のようにクルクルと動いている。

「報告ですよ」

受話器を置き、言ってから川田はメモを読み返した。

「佐川章子の義兄が、新星土地の新田英明社長ですね」

「義兄と言うと？」

「配偶者の兄。配偶者とは、八年前に死別してます。それで、佐川という姓に戻ったようですね。いまのブティックは、遺産なんかで築いたもんじゃありません。ずっと、ファッション関係の仕事をしてますよ、彼女。それを大きくしていったものです」

「なるほど」

「義兄との関係は、別に悪いわけでもないらしい。一緒に事業をやってる、というような話はありませんがね。ひとつ、大津氏がかつて経営していたゴルフ場に、新田は出資してます。大津氏と佐川章子の出会いは、案外そんなとこかもしれません」

「新星土地か。決まりだな」

「なにがです？」

「大津を殺したのがさ」

「森田さんも、短絡だな。どうして、そう決めちまうんです」

「君は、どう思ってる？」

「やっぱり、森田さんと同じですよ。ただ、思ってるだけで、証拠はなにもない。殺人事件ですからね、これは」

「証拠が必要なのは、法廷だけだろう」

「待ってくださいよ。無茶なんだ、まったく」

川田が、鉛筆をデスクに投げた。煙草をくわえ、呆れたように天井に煙を吹きあげる。

広介は、私と川田を見較べていた。

「契約書がないと、新星土地はどうなるんですか？」

「どうにもならんよ。元のままさ。東西開発への、妨害が失敗したというだけさ。契約書を持ってれば、まあ、東西開発を潰せるだろうな」

「東西開発は、契約書が絶対必要だったんだ。親父の命よりも。そうでしょう?」

「はじめから、そう言ってるだろう」

「やっと、俺にも見えてきたみたいな気がする」

「そうか」

「どうするの?」

「行こうぜ」

「ちょっと待った、森田さん。どこへ行こうってんですか?」

「ホテルへ帰ろうってのさ。そこまでわかった以上、もうこんな埃《ほこり》っぽい事務所にいることもない。俺は眠りたいよ」

「じゃ、今後の大津氏殺人事件に関して、捜査本部とどういうコンタクトの取り方をするのか、俺と話合ってくれますね」

「それも、頼んでいいのかね?」

「当然だ。顧問弁護士の仕事ですよ」

「わかった。俺たちは、とにかく終点まで着いた。一応は、これでいい」

私は、フィッシャーマンズ・ベストを着こみ、ソファから腰をあげた。

「ほんとに、終点なの？」

広介が訊いてきたのは、ジープに乗りこんできてからだった。

「終点に着いた電車、それからどうなる？」

「車庫に入るか、折り返すか」

「電車なんて、毀《こわ》れるまで走り続けるもんだぜ」

それだけ言って、私は車を出した。

第五章

1

新田英明と、直接話ができたのは、その日の午後七時だった。

「大津の契約書のことでね。森田と言います」

「なにか、そんなことで動き回っている男がいる、と聞いていたが」

「私ですよ」

「東西開発の犬か？」

「山の中の、野良犬というところかな」

笑い声が聞えた。かつては土建業から身を起こしたというだけあって、濁声《だみごえ》には迫力があった。

「東西開発との間では、別に契約書がなくても困りはしない。そうですよね。しかし、困ることもあるはずだ。捜査本部の手に落ちれば、大津殺しであんたが追及される可能性もある」

「ほう、なぜだ？」

「あなたが関与していたことが、明らかになる。それで警察の眼もむきはじめる」

「契約書に、私の名前でもあるのか？」

「いや」

「それなら、なぜ？」

「大津を殺させたのは、あなただからだ」

「思い切ったことを言うね」

「絶対の安全圏にいる。そう思ってますね。それが間違いだったと、遠からずわかりますよ」

「いやがらせの電話か」

「話はこれからでしてね。つまり、商談ってやつです。その気があるなら、値段の交渉をしたいんですよ」

「酔っ払いか」

「斉木を助けたくはない。これを東西開発に売れば、斉木を助ける結果になってしまう。だから東西開発の言い値で、あなたに買っていただきたい」

「ほう。それで？」

「二億円。出せますか？」

電話のむこうで、笑い声が聞えた。私も低く笑い返した。いやがらせでも酔っ払いでも、とうに切っているはずだ。切れないなにかが、新田にあるはずだった。

「そろそろ、そちらも真剣に対応したらいかがです。私にも、いつまでも時間があるというわけではありませんのでね。笑うだけじゃなく、ちゃんと喋《しゃべ》る相手もすぐに見つけられる」

「しかし、二億とはなあ」

「いまの新星土地に、出せない額じゃないはずでしょう」

「出せるがね、その気になれば」

「お願いはしませんよ」

「しかしね、君」

「しかしを聞くのは、一度だけにしてましてね」

私は電話を切った。

広介は、黙ってベッドに寝そべっていた。私は、もう一度番号をプッシュすることはしなかった。あとは、待てばいい。

「腹が減ってないか？」

「ちょっとね」

「夕めしに出ようか。ここへ戻ってこれるかどうか、わかったもんじゃないがね」

広介の返事は待たず、私はセーターとフィッシャーマンズ・ベストを着こんだ。

バスルームで、鏡に顔を映しながら、歯を磨いた。二十代の終りから三十代のはじめにかけて、私は奇妙な癖にとりつかれたことがある。理由もなく、歯を磨きはじめるのだ。

そのころは、パイプも葉巻も紙巻煙草も喫っていた。煙ですっかり舌が荒れて、歯磨をはじめると、必ず口が痺れたようになったものだ。

いきなり、席を立つ。洗面所に入ると、歯ブラシをくわえ、口の中を泡だらけにする。時間も場所も関係なかった。そのために、私はいつもセカンドバッグの中に、歯ブラシと歯磨のチューブを入れていた。

その癖が、再発したのかどうかわからなかった。とにかく、私は歯を磨いていた。

髭《ひげ》が、ずいぶんと顔に馴染んできた。そんな気がする。鏡を見つめていても、髭のなかったころの顔は、なかなか思い出せない。

「夕めしだろう?」

広介に声をかけられるまで、私は歯を磨き続けていた。

ホテルから出た。捜す気がなくても、東京では食べ物屋はいくらでも見つかる。選べばいいだけだ。

人通りは多かった。前に二人、後ろに二人。いつの間にか挟まれていた。後ろの二人は、昨夜私を襲った連中だった。

「夕めしも、食わせてくれんのかね」

「悪いが、諦めて貰うよ」

男の声は、相変らず渋く低かった。

ホテルを出て五分ほどしか歩かないうちに、四人に貼りつかれたというのは、やはりはじめから見張られていたと考えた方がよさそうだ。

大して歩きはしなかった。小型のワゴンが待っていた。最後部の席に、私と広介は押しこまれた。運転手も入れて五人。斉木が寄越した連中より、ずっと危険な匂いを漂わせている。はじめのひと言だけで、誰も喋ろうとはしなかった。

ワゴン車は、静かに発進した。しばらく窓の外に眼をやっていた私は、一度左腕を動かすと眼を閉じた。いやな時間がやってきそうだ。

十分ほどで、車は停止した。

五人に挟まれて、階段を昇る。カビ臭いビルだ。踊り場に一応電球は付いているので、廃屋というわけではないらしい。三階まで昇り、四階に出ると屋上だった。赤く錆《さ》びた手摺《て》《す》り。ザラついたコンクリート。遠くに、新宿の高層ビルの灯が見える。

「二億は出せんが、二百万なら出せるそうだよ」

渋い声。闇によく似合う。屋上に明りはなく、街の明りがほのかに人の姿を見分けられる程度に届いている。砂漠の夜は、いつも星に満ちていた。ふと、思い出した。

広介の、かすかな息遣いが聞える。怕《こわ》がってはいるだろうが、取り乱してはいない。

「小物だね、新田英明も」

「なにを売る気かは知らないが、一応訊《き》けと言われてる」

「顔を洗って、出直すように言ってくれ」

返事は伝わったようだ。ひとりが、一歩進み出てきた。

「待ちな。俺と差しでやらせろ。ナイフは持ってるんだよな、森田さん」

「この間は、勝負がつかなかったからね」

言った時、男は匕首《あいくち》を構え、私はナイフを握っていた。

睨《にら》み合う。闇の中で、眼と刃が白く光っていた。男は、ほんの一歩横に動いただけだった。私は動かなかった。長い時間だった。なにかが来る。それが来なければ、二人はぶつかり合うこともできない。待ち続けた。

「なにやってんだよ。早くしなよ」

闇の中からの声。一度だけだった。私も男も、動かなかった。

男の息遣いを、私は聞いていた。息苦しいような気分になってくる。なにかがやってきた。多分そうだ。

ほんの少し、男の姿勢が低くなったような気がした。踏み出していた。同時だ。ナイフ。腕が、私とは違う生き物のように動いていた。位置が入れ替っている。男は匕首を落とし、左手で右の二の腕を押さえていた。

「勝負ありだね」

ナイフを構えたまま、私は言った。微妙なところだった。男の匕首の刃渡りが、あと二、三センチ長ければ、私もどこかを切られていただろう。

「もう歳なんだからよ。いつまでも、昔の力があるなんて、思うなよな。どいてなよ、俺たちで片づけるから」

昨夜、男と一緒にいた若い方だ。男はあっさりと押しのけられ、ちょっと足をよろめかせた。

構えたナイフを、私は下にむけた。

「おい、小僧」

声が出ていた。

「おまえもドスぐらい持ってるんだろう。度胸があるなら、抜いてむかってきてみろ」

「言ってくれるじゃねえかよ」

匕首の鞘《さや》を払い、若い男が身構えた。軽く切先を動かしている。睨み据えて、私も身構えた。若い男の動きが止まった。こちらが踏み出すと、闇に押されでもしたように退がっていく。

「おまえが、ただのガキだってことを、教えてやろう。おまえなんざ、俺たちに較べりゃゴミみたいなもんさ」

若い男の息遣いが激しくなった。鳥のような叫び声をあげる。ひとつひとつの動きが、よく見えた。私は突き出されてきた匕首をかわし、腕、肩、胸と素早くナイフを走らせた。それが充分にできるほど、若い男の動きは鈍かったのだ。

はじめ、なにが起きたかわからないようだった。悲鳴をあげたのは、数呼吸後だった。

手首に、なにかが叩きつけられてきた。痺れたが、私はナイフを落とさなかった。痺れたまま突き出す。かわされた。同時に、背中に衝撃があって、私は数メートル吹っ飛び、倒れた。跳ね起きようとするところを、また蹴り倒された。でかい男だ。そのくせ動きは速い。もうひとりは小さいが、ナイフをかわした動きは、完全にボクシングのスウェーバックだった。

右手が痺れ続けている。気づくと、でかい男の靴で踏みつけられていた。足が、グリグリと意地悪く動いている。

耐えきれず、私は右手の指を開いた。

「それでいいんだよ」

言葉と一緒に引き起こされた。背中を突き飛ばされた。小さな男が待っていた。とっさに拳を出す。かわされた。次になにが起きたのか、よくわからなかった。

砂漠の空とは違う。なんとなくそう思った。また、立たされていた。小さな男。影だけにしか見えないその姿にむかって、もうひとつ影が突っこんでいった。広介。止めるには遅すぎた。軽いパンチに見えた。広介は、糸の切れた操り人形のように、膝から崩れた。

立ちあがろうとしている。私は、でかい男のボディに肘《ひじ》を打ちこんだ。少しは効いたようだ。一瞬膝を折った男が、低い姿勢からすごい勢いで体当たりをかましてきた。車にでもぶつかったような気がした。気づくと、うつぶせに倒れていた。すぐそばに、広介が倒れている。また殴り倒されたのか。

立ちあがろうとしたのは、広介の方が早かった。私はまだ、腕も足も動かせないでいた。渾身《こんしん》の力をふりしぼる。上体だけ、やっと起きた。広介が、軽いジャブを顔に二、三発食らっていた。それからボディにアッパー。黒い影だけだが、広介の顔が歪《ゆが》むのが見えたような気がした。

「殺す気はねえんだよ、お二人さん」

小さな男の声は、少年のもののようにカン高かった。広介は、腹を押さえたままうずくまっている。

私は立ちあがった。男に近づいていく。下からきたパンチを、かろうじてかわした。隙《すき》。ないわけはない。見えた。こいつは、パンチだけだ。もう一度、男にむかって踏み出した。パンチ。しゃがみこんだ。両手をコンクリートについて、足を飛ばしていた。脛《すね》と脛がぶつかっていた。かすかな呻《うめ》き。私ではない。もう一度、蹴りつけた。今度は、靴の先端が男の脛をとらえた。

脛を抱えこんだ男を見て、でかい男が笑い声をあげた。もうひとり、ワゴンを運転していた男は、ただ立って見ているだけだ。

でかい男が、殴りかかってきた。パンチはかわしたが、首を摑《つか》まれていた。絞めつけてくる。気が遠くなりそうになる。すると手が緩んで呼吸が楽になり、また絞めつけられる。何度もくり返された。

足を飛ばした。首を絞めあげられていると、大して効きもしないようだった。拳を突き出してみても、男の肩あたりにしか届かない。

首が楽になった。顎《あご》に、すさまじいパンチがきた。仰むけに倒れていた。気を失っていたのかどうかは、わからない。

首を持ちあげた。次に上体を起こした。立ちあがる。小さな男。ジャブが二発にストレート。それが二度くり返された。パンチングボールでも打つように、軽く打ったようだ。それでも、私は立っていることができなかった。

砂漠の空とは、やはり違う。星が少ないだけではない。ほんとうの闇がないのだ。だから、群馬の山の中の空とも違う。

躰《からだ》を起こした。もうホテルへ帰ろうと思った。広介、帰るぞ。言ってみたが、声は出ていなかったようだ。立ちあがった。階段はどこにあるのか。

でかい手が、私の胸ぐらを摑んだ。払いのけようとしても、ビクともしなかった。躰が宙に浮いた。それは長い時間で、私は空でも飛んでいるような気分になった。背中から、したたかコンクリートに叩きつけられた。息ができなかった。苦しかったのはしばらくだった。

気づくと、広介が私を抱きかかえていた。やはり夜だ。空も見える。ぼんやりした夜空だった。

「起きちゃ駄目だよ」

広介の声。耳のすぐそばだ。

「起きると、またどんな目に遭わされるかわからないよ」

広介の手を、私は払いのけた。

「帰るぞ」

はっきりした声が出た。

「ホテルへ帰るんだ、広介」

「帰るんだってよ」

カン高い声だ。

「立てるのか、おっさん」

立ちかけ、私は胃の中のものを吐き出した。どんなものが出てきたのか、まったく見えなかった。腹は減っていたはずだ。

「男が、いつまでもこんなとこに、這《は》いつくばっていられると思うか」

「おじさん、おじさんってば」

「忘れるなよ。立てりゃ、立つんだ。それだけは忘れるな」

「殴られるよ、また」

「そのうち、やつらも飽きる」

「飽きるってよ、おい。人をぶん殴れるのに、飽きるやつがいるかよ」

カン高い声だ。でかい男は、ほとんど喋ろうとしない。ほかの三人の姿はなかった。

起きあがろうとする私に、広介が抱きついてきた。広介の手をふり払って、私は立った。

ジャブが、顎に二発、ボディに一発食いこんできた。私は、後ろへ倒れそうになり、その反動で前のめりになった。小さな男の躰を摑んだ。

「離れろ、この野郎」

突き飛ばされ、私は尻から落ちた。また立った。何度か、同じようなことをくり返したようだ。腹に食らった一発で、私は起きあがれなくなった。死ぬな。そういう気がした。気が遠くなるというのではない。意識が躰から離れていく。そんな感じだった。

起きあがろうとしていた。それを、広介が泣声をあげながら止めている。まるで自分のことではなく、スクリーンかなにかに展開されている映像のように、私はそれを見ていた。映像と自分が重なったのは、しばらく後だ。

「立たなきゃならないんだよ、立てる間はな。これは大事なことなんだ、広介」

「死ぬよ。殺されるよ」

「それでもいい。立つんだよ。おまえもだ、広介」

私だけが、立った。でかい男のパンチ一発で、私は手摺りのところまで吹っ飛び、そのまま倒れた。

もういいのか。立たなくてもいいのか。このまま、眠ってしまっていいのか。自問をくり返しながら、私は眠っていった。

2

まだ暗かった。

男が二人。ほかの三人は、車の中で眠ってでもいるのか。ずっと姿は見えない。

「動かないで」

耳もとで、広介が囁《ささや》いた。哀願していたいままでの口調とは、どこか違った。

二人は、手摺りに手をついて、街の方を眺めながら煙草を喫っている。

「三人は、どこかへ行ったらしい。いま、そんな話をしてたよ。まだ戻ってこないってね。大きな方の男が、下まで見にいった。ついでにパンを買ってきて、二人で食べてた」

なにかを、やるつもりのようだ。広介の声は、ずっと押し殺したように低い。

「俺たちは、もう逃げないと思ってる。逃げられないと思って、油断してる」

「やってみろ」

「おじさんも、一緒だよ」

「おまえひとりだ。俺は、立ちあがることもできない。おまえひとりでやれ」

「それはいやだ」

私はボロ布のようなものだった。どこかが痛いのか。怪我をしているのか。それさえわからない。生きてはいる。わかっているのはそれだけだ。

「走れるか？」

「大丈夫だよ」

「じゃ、行け。川田に連絡するか、救急車を呼ぶかしてくれ」

「だけど」

「考えてる暇はない」

「卑怯《ひきょう》なことだ、それは」

「よく聞け、広介。おまえが逃げる以外に、道はないんだ。逃げきれれば、あとはなんでもできる。俺を助けてくれ」

「そんな」

「考えるな。俺を助けろよ」

二人は、まだ手摺りのところにいる。

「救急車が来る前に、もしやつらが」

「考えるな」

私は仰むけで、広介は膝を抱えてうずくまっていた。立つ気になれば、立てるかもしれない。しかし、走ることはできないだろう。二人で逃げれば、見つかる危険も大きいし、捕まりやすい。

「行けよ。やつらがそばへ来たら、チャンスはない」

広介は迷っていた。ふるえながら、迷っていた。私は、広介のズボンの端を摑んだ。そのズボンが、私の手から抜けていった。

闇の中を、広介が這っていく。階段のところで立ちあがり、走りはじめるのが見えた。

私は、フィッシャーマンズ・ベストのポケットを、のろのろとひとつずつ探った。いくらか大き目のバックのナイフ。ポケットから出したが、刃を開くのに散々苦労した。右手に、握りしめた。数。数えた。二十まで。それから一に戻った。

広介は、もう階段を降りきっただろうか。それとも、まだそのあたりか。二人の話声が聞こえてきた。近づいてくる気配はない。

何度数えた時だろうか。カン高い声がした。ガキがいねえ。小便だろう。私は躰を起こした。手摺りに寄りかかるようにして、なんとか立った。どこだ、あのガキは。どこへ行きやがった。

「おい、おっさん」

声が、やっとそばで聞えた。眼の前に立っている人間の口から出てきた。

「あのガキは？」

「俺に訊くのか、間抜けが」

舌打ち。小さな男が、拳を突き出してきた。白い光。私の手から放たれた白い光。叫び声。男が、手を押さえている。

睨み合った。十センチほど、私は背中と手摺りの間隔をあけていた。ほとんど、二人は見ていなかった。眼を閉じているのかもしれない。

「俺にナイフを握らせると、手強《てごわ》いぜ」

「おい、同時に右と左からやっちまうんだ」

「いいさ。どちらかひとりは、必ず殺してやる。どちらかひとりはな」

「大津みてえになりたいのか、おっさん」

「おまえらか、やったのは」

「簡単に死にやがったよ。俺がボディに食らわして、そいつが絞めあげたらな」

「よさねえか、おい」

大きな方の男だった。口の中に籠《こも》ったような声を出す。

「俺たちゃ、あんたを殺す気なんかないんだよ」

私は、構えたナイフをちょっと動かした。隙を見て、どちらからか飛びかかる。そういう作戦に変えたようだ。どういうつもりでも、二人は私の前にいる。後ろに回ることはできない。

「こっちから行こうか、拳闘屋」

「来なよ、おっさん。来てみな」

誘いだった。手摺りを背にしている、いまの位置から、どうしても動かしたいようだ。

「ナイフが怕くて、パンチも出せないのか。早く来い、拳闘屋」

脇をしめ、顔のちょっと右下で、私はナイフを構えていた。二人以上を相手にする時。

フランス外人部隊の軍曹は、それも教えてくれたのだった。

「愚図愚図してると、パトカーが来ちまうぞ」

何気なく言った、そのひと言が効いたようだった。しばらく睨み合い、二人は同時に身を翻《ひるが》えして、階段の方へ走っていった。

ひとりになった。どこを見ても、屋上には私ひとりしかいなかった。躰の中で、なにかがプツプツと切れていった。

なにも見えず、なにも聞えなくなった。

白い空。

違うのか。天井。広介の顔。

自分がいる場所が、病院だということに気づいた。私の躰は繃帯だらけで、腕には点滴の針が突き刺さっている。広介の顔のそばには、川田の顔もあった。

「憶えてないの？」

「なにを？」

「俺が戻ってきた時、おじさんは二階まで階段を降りてきていた。ナイフを握ってね。救急車に乗せようとしても、行くところがあると言って、俺を突き飛ばすんだ」

「屋上で、倒れていたのかと思ったよ」

「十キロでも、走れそうな感じだった。間に合ってよかった。遅れてりゃ、おじさんはこの怪我のまま、どこかへ行っちまってた」

「一体なに考えてんですか。どういうつもりなんですか。死んだっていいってんですか」

川田は、息が当たりそうなところまで、顔を私に近づけてきた。

「俺に任せてくれたはずでしょう。それを勝手に挑発なんかして」

「怒るなよ、川田」

「馬鹿馬鹿しくて、怒る気にもなりませんね。俺には、昔から嫌いなことがひとつだけあってね。道化。そういう役回りをさせられた時ほど、腹の立つことはないんだ」

「いいじゃないか、ものがなしくて」

「道化をさせた方は、そう言っていられるんだ」

私は眼を閉じた。開けているのがつらくなったのだ。しかし眠いわけではなかった。私の眼の周囲は、タイトルマッチを終えたボクサーのように、腫れてしまっているらしい。ほかの怪我が、ひどいものなのかどうか、こうして横たわっていてはわからなかった。痛みはない。点滴の瓶の中に、鎮痛剤も混じっているのかもしれなかった。

上体を起こした。まるで、違う動物でもいるように、痛みが躰の中を走り回った。呻きが口から自然に洩れ出してくる。ベッドを降りるまで、十分以上の時間がかかったような気がした。

「どこへ？」

「トイレさ。はじめから断っておくが、俺は尿瓶《しびん》なんて絶対に使わんからな」

川田が、声をあげて笑った。

「人間ってのは、考えてみりゃ滑稽なもんだ。あんたは、病院に運びこまれた時は、失禁してたんだよ。それを、俺は見てみたかったね。出血かと思ったが、血の混じった尿だったそうだよ」

「医者を」

言った広介を、私は止めた。床に立ち、そろそろと点滴の瓶をぶらさげた車を押していった。そんなものを押していても、病院のトイレは簡単に入れるようになっていた。

確かに、私は新しいブリーフをつけていた。

尿は、すぐには出てこなかった。数滴出ては止まることをくり返し、しばらくしてようやく細い尿になった。赤い。いや、すでにピンク色に近いのか。血が混じっているといっても、薄くなりつつあるに違いない。長い時間、放尿していた。

トイレの入口のところに、広介が待っていた。

「佐川章子のところに電話しろ。おまえがだ。ぶちのめされて、俺が入院してるってな」

「それだけ？」

「つまり、俺は佐川章子と会いたがっているわけだ」

病室にむかって、歩きはじめた。痛みは、やはり躰の中を走り回っている。それでも、動いていればほぐれるようだ。

「何時だ？」

「八時」

「まだ朝か」

「夜の、八時だよ。おじさんは、ずっと眠り続けてた」

「そうか。やるべきことだけは、やっておけばよかった」

「なに、それは？」

答えず、私は病室に入った。

ベッドに横になるまでに、かなり時間がかかった。川田は、壁に寄りかかり、腕を組んで見ているだけだ。右手の、点滴の針が邪魔だった。

「俺のベストは？」

「そこにかけてあるよ」

「ポケットに、ナイフが入っているはずなんだが」

「おじさんが握ってたやつ。それなら、ベッドのテーブルのところに、畳んで置いてある。手から取りあげるの、大変だったけど」

「見せてくれ」

広介が、ナイフを私の眼の前に持ってきて、刃を開いた。しばらく見つめ、頷《うなず》いた。

「ベストのポケットに放りこんでおいてくれ。そいつが、俺を助けてくれた」

広介が、ナイフの刃を畳む。それから部屋を出ていった。

「ナイフは？」

「ちゃんと、そこのベストのポケットの中さ。放りこむと、あいつ、出ていった」

「すべてが、はっきりしたよ。君が最初から狙いをつけていたのは、新田英明じゃないのか」

「途中で、いろんなことが起きて、すっかり混乱しちまった。いまでも、新田だろうと思っちゃいるけど。特に、あんたの家を襲った朝日連合さ。赤坂のクラブ『シルバー』は洗い直したよ。三雲が常連ってだけじゃない。斉木の秘書もよく行くし、東西開発も利用してるみたいだ」

「大津をやったのは、新田だよ」

「証拠は？」

「やったやつらが、そう言った」

「そうか。それじゃ多分、そうなんだろう」

「間違いはないさ」

私は眼を閉じた。川田が、椅子をベッドのそばに持ってくる気配があった。なにも言おうとはしない。点滴の針を確かめ、額に手を置いたりしているようだ。男のくせに。呟《つぶや》いたが、言葉にはならなかった。

「あんたは、どうでもいい、森田さん。広介君まで、巻きこんだんだぜ。彼が死んでたら、どう責任をとるつもりだったんだ。十六の子供だぜ」

「やつは、子供じゃないさ。俺は、それを確かめたかった」

「自分で確かめることになるよ、彼は。いつかは、そうしなきゃならないだろう」

「わかってる。ところで、酒はどうしたんだ、川田君」

「飲みたいんですか？」

「いや。ちょっと心配しただけだ」

「余計なお世話ってもんですよ」

広介が戻ってきた。私は眼を閉じたままだった。

3

揺り起こされた。

佐川章子が、ベッドの脇に立っていた。

「やあ」

私はひと言だけ言い、また眼を閉じた。広介も川田も、なにも言おうとしない。

「なにか、ありましたわ」

夜遅くなっても、章子は髪や化粧の乱れさえなかった。声だけが、どこか沈んでいる。

私はそっと眼を開いた。眼を開こうが閉じようが、同じようにしか見えないのかもしれない。腫れあがり、糸のように細くなっているに違いなかった。

「大津と新田の間には、仕事のこと以外に、なにかありましたわ」

「仕事ってのは？」

「斉木という人が所有している土地を、なんとか東西開発に気づかれないうちに、手に入れるってことです。斉木さんは、負債のあった信用金庫を通して、あまり愉快ではない圧力を東西開発から受けてたみたいですし」

「大津は、新田に雇われたわけじゃないでしょう」

「勿論。それに、斉木さんが困るようなやり方も、したくなかったみたいです。じっと待っていれば、いずれは東西開発にいい値で買い取らせることができる、とも考えてたみたいです」

「もともと、あの土地の情報源が新田だったということだな」

「そうですわね」

「連帯保証人の発想は？」

「新田ですわ。ひとりがあたしならいい、と大津は言いましたわ。大津と新田を引き合わせたの、あたしです。小さな仕事を、いくつか一緒にやりました。もう三年近い付き合いになるのかしら」

「二人の間に、なにかあった、とおっしゃいましたね」

章子は、私を見てかすかにほほえんだ。

笑顔の中に、淋しさに似た影を私は見つけた。その時だけ、章子の年齢は滲《にじ》み出してきたようだった。次に出す言葉を、私は捜した。私のような男が、相手のために言葉を選ぼうとするのは、めずらしいことだった。

「あなたをめぐって、二人の男の間になにかあったということですか？」

章子がまた笑った。否定した笑みではない、と私は受け取った。

「あなたと大津の関係を、新田は当然知っていたわけですよね」

「隠してはいませんもの。大津を新田に引き合わせたのも、あたしのそういう男としてでしたわ」

「それでも、新田はあなたに迫ってきた。しかも、死んだ自分の弟の女房でもあった人だ。弟の女房というのは、めずらしいことでもないか」

「新田も、子供ではありませんのよ。ちゃんとした大人として、あたしに接してきましたわ」

「大人ってのは、ずるい立場に立ちたがるもんですよ」

「逆に、しっかりした態度で接することもできます。新田は、あたしに結婚を申しこんできていたんです」

「大津は、それを知ってた？」

「申しこみのあった日から。あたしは、結婚にこだわってるわけじゃない、と自分では思ってました。それでも、すぐに大津に話したところをみると、待ってるようなところがあったのかもしれませんわね」

大津も、その気になれば申しこめたはずだ。そうしなかったのは、広介がいたからなのか。それとも、あの男なりの別の意地があったのか。

軽々しく、女と付き合う男ではなかった。広介の母親を失うと、それから惚れた女は章子まで現われていないはずだ。ベッドの相手をさせる女は、何人か変った。それは、一定の金を払って、そういう関係を続けるということにすぎないものだった。

「あなたは、新田の申しこみに心を動かしたんですか？」

「いいえ。義兄にしろ、いろんな打算がありましたわ。東京に、別の商売を展開させたいという野心を持っていたようですし。あたしと夫婦になるということは、いろんな意味でメリットもあることだったんです。あたしも、十九や二十の娘じゃありません。結婚の経験もあります。ひとりで、生活を支えていくこともできます。ふって湧いたような結婚話に、浮かれたりはいたしません」

「これは、大変失礼なことを申しあげた」

章子が、またかすかに笑みを洩らした。大津がこの女に惚れたわけは、私にはよくわかる。いい女。そう言ってもいいだろう。ただ、大津には大津の惚れ方というやつがある。

「広介が知らせたら、来ていただけた。この間も、会っていただけた。会ってもいいという理由は、なにかあるはずですよね」

「この間の夜は、御迷惑をおかけしたみたいですわね。大津の事件があってから、新田が寄越す男たちが、時々あたしのまわりをうろついていますの」

「どうってことありませんよ」

「今度の件は、大津もよくなかったと思います。もともと、新田と一緒にはじめたことなのに、途中からひとりで走りはじめて。さきに感情的になったのは、大津の方だったと思いますわ」

「わかりますね。いかにも大津らしい。つまり、新田はある部分では裏切られたと感じたわけだ」

「かたちとして、そうだっただろうと思います。新田があたしに結婚を申しこんだ時点で、大津も新田に裏切られたという思いがあったかもしれませんし」

章子の口調は穏やかだった。女の魅力というやつを、まだたっぷりと持っている。

「意地と意地のぶつかり合いみたいな感じでしたわ、最後は。新田は、銀行筋を使って大津の仕事を締めあげたりいたしましたもの」

「殺すことはなかった」

「そうですわね。もし新田が殺していたらですが」

「新田ですよ」

「そうですの？」

「私は確信しています。理由もなにも申しあげませんが、新田なんです。勿論、直接手を下したというわけではありませんが」

「森田さんは、そう確信しておられる、ということですわね」

私は眼を閉じた。章子を説得したところでなんの意味もないことだった。男が二人殺し合いをしたことなど、むしろ章子は知らない方がいい。

広介と川田は、壁際の椅子に肩を寄せ合うようにして腰を降ろしていた。二人とも申し合わせたように開いた両膝の間で手を組み、自分の靴に眼を落としている。

「今夜は、森田さんにお渡ししたいものが、ひとつだけございましたの。むしろ、広介君に渡した方がいいものかもしれませんが」

「それを、私も待っていました」

「あたしが持っていることを、森田さん、はじめから御存知でした？」

「ええ」

私はまた眼を閉じた。左の耳に、かすかな機械の唸《うな》りのような響きがある。多分、まともにパンチを食らったせいだ。口を開けても、唾《つば》を飲みこんでも、それは消えなかった。

「大津という男をよく知っていれば、あなたに預けたと考えるのは、それほど不自然なことではありません」

「この間、広介君のお母さまの話をなさっていましたわね。あれを聞いて、大津がやったことが、あたしにはようやく納得ができましたの」

私は、ただ頷いた。そういう男なのだ。女に賭ける。徹底的に、自分のすべてを賭けてしまう。広介の母親は、結局それが気持の負担になった。尻軽で、どこの誰のものとも知れない赤ん坊を孕《はら》み、産んでしまうと自棄《やけ》のように言う女だった。強姦されたという言葉をそのまま信じ、大津は女のすべてを受け入れた。女が子供を産もうとするのも賭けなら、大津がそのすべてを受け入れたというのも、賭けだった。賭けのスケールの違いが、広介の母親には負担になったに違いないのだ。

「これを渡されて、あたしは最初戸惑うだけでしたわ」

ハンドバッグから茶色い封筒を出して、章子は私に差し出した。

「大津の死命を制するものだった、と言ってもいいものなのに、ただあたしに手渡して、それっきりだったんですの。どうしていいのか、あたしはわからなくなりますわよ」

「確かにね」

「なにか、賭けてたんですわね」

「そういう馬鹿ですよ」

「なぜ？」

「ほんとうは、女の気持を信じられないところがあるんだろう、と私は思ってました。それが、惚れた女に対する時は屈折して、自分が許せなくなってしまうんでしょう」

「森田さん、いまもそう思っておられます？」

「思っても仕方がないことだが、思ってますよ。理由はどうであれ、惚れた女にそこまでできるという大津が、好きでもありました」

「いいわ、それだけうかがえれば」

差し出されたままの封筒に、私は手をのばさなかった。章子が、それを私の胸の上に置こうとした。

「広介」

私が呼ぶと、広介は弾かれたように立ちあがった。

「おまえのものだ、これは」

「俺の、好きにしていいのかな」

「当然さ」

広介は、ジャンパーのポケットをしばらく探っていた。ジッポを取り出し、封筒を摑むといきなり火をつけた。

川田が叫び声をあげ、それをひったくる。

「なんてことをするんだ。これは事件の解明の大きな手がかりなんだぞ」

「親父と一緒に燃えてしまった方がいい。そういうものだと思ったんだ」

「君の親父の、名誉や無念さとも一緒にか。俺は納得できないぞ」

封筒の火は、すでに消えていた。端が黒く焦げただけだ。

「俺が預かりますよ、森田さん。顧問弁護士としての当然の仕事だ。これがあれば、大津氏のかなりの部分の名誉は回復できる。いいですね？」

「広介に聞いてみろよ」

川田がふりむいた。広介は、もう関心もなさそうに、壁際の椅子に腰を降ろしている。ひとりで頷いた川田が、封筒を胸のポケットに収った。

「終りですわね、これで」

「あなたと大津の間が？」

「そう」

「男の生き方ってやつには、いろいろとありましてね」

「死に方にもね。それをずっと背負わされるなんてこと、あたしはごめんですわ」

「わかりますよ。忘れることを残酷だなんて、私には言えません」

一度、章子がほほえんだ。私は手を出して握手をしようと思ったが、点滴の針が自由に私の手を動かさなかった。ほほえみ返すと、章子は、ハイヒールの音を響かせて、病室を出ていった。

川田が頭を掻《か》きむしった。

「なかなかの女なんだ、あの人も。しかし、契約書が彼女のところとはね」

「俺にも、確信があったわけじゃない。俺の知ってる大津なら、そうすると思っていただけさ。仕事が絡んだことだったからね。必ず大津がそうするとも、思いきれなかった」

「仕事であろうがなんであろうが、男ってやつはひとつのところへしか行き着かないんでしょうね」

広介は、壁際に腰を降ろしたままだ。章子が出ていく時も、見ようとはしなかった。章子も、言葉をかけなかった。

「つまり、あれが大津が二番目に惚れた女だったわけだ」

「最初は、広介君の母親に当たる人か」

川田が、内ポケットから封筒を出した。

「東西開発に持っていけば、相当の値で売れるもんだ。扱いは、やはり広介君に決めて貰うべきでしょうね。燃やしちまうってことには、俺は賛成しないけど」

「どうする、広介？」

「川田さんに任せますよ。なぜか、それを見た瞬間にかっとしたんだけど」

「そうか」

川田が、急いで封筒を内ポケットに収い直した。

私は眼を閉じた。ほんとうに、眠くなっていた。二時間か三時間、ゆっくりと眠りたい。それで、痛みはすっかり鎮まっているという気がする。

広介と川田が、ボソボソと喋っている声が聞えた。それも、途切れ途切れになり、すぐになにも聞えなくなった。

4

眼が醒《さ》めた。

朝の七時を回ったところだ。

私は上体を起こし、右腕に刺さった点滴の針を引き抜いた。ベッドから降り、上体を動かした。二度、三度と腰を回す。首を動かす。腕を上下させる。それから膝を少しずつくり返し曲げていった。

なんとか動くようだ。歩けないということはない。ただ、ひどく気分が悪かった。セーターの上に、フィッシャーマンズ・ベストを着こんだ。そうしている間も、断続的に視界が暗くなった。倒れるのかと思うと、周囲が見えはじめ、終ったのかと思うとまた視界が暗くなる。

「いやな気分だ」

独り言。自然に出ていた。ひどく歳をとってしまったような気がした。

病室を出た。長い廊下だった。エレベーターと標示が出た方向に、ゆっくりと歩いていった。速くは歩けない。視界が暗くなるたびに、私は足を止めた。壁に手をついてじっとしていると、すぐに周囲は見えはじめるのだ。起きた直後より、それに襲われる間隔は長くなっていた。

病院のエレベーターは、ひどくゆっくりとやってきて、ゆっくりと降りていった。

外に出た。

ホテルではない。タクシーが並んで待っているなどということはなかった。タクシーが拾えそうな場所まで、私は歩いていった。風が冷たい。それで、気分はかなりましになった。

五分ほど立っていて、ようやくタクシーが一台停ってくれた。

「代々木」

運転手は無言だった。私は、ベストのポケットを、上から一度触った。

朝の街が通りすぎていく。舗道を行く人の姿は多い。ぼんやりと、私はそれに眼をやっていた。人の生の終り方は、さまざまだ。自分で選ぶこともできれば、逃げることもできる。その逆もあるだろう。変らないのは、必ず終りがあるということだけだ。

近づいていた。その終りというやつ。私の方から、近づいていっているのかもしれない。いずれにしろ、そばにある。一歩踏み出せば、もうむこう側というほどの近さだ。

代々木の近くまで来ると、私は運転手に住所を言い、道を指示した。相変らず、運転手は無言だった。

私が目指している建物が見えてきた。タクシーを停め、金を払った。十円の釣りに手を出した私に、舌打ちをして運転手がふり返った。私の顔を見て息を呑む。大人しく十円を差し出してきた。

白い、瀟洒《しょうしゃ》な六階建の建物だった。オートロック方式らしく、玄関のむこう側に、もう一枚ガラスのドアが見えた。玄関の車寄せには、屋根まで付いている。

そこが見通せる場所で、私はしゃがみこんだ。また、視界が暗くなりはじめていたのだ。しゃがみこむと、襲われそうな感じだけで済んだ。

時折、迎えのハイヤーが車寄せに滑りこんでいく。運転手が玄関に入っていき、戻ってくると大抵は二、三分で出てきた。ハイヤーだけでなく、黒塗りのベンツなどもいる。出てくる人間のひとりひとりを、私はじっと見つめた。

すでに、出かけているのかもしれない。それならそれでよかった。私には、充分に時間がある。明日でも、明後日でも、十日後でもいい。

なにも考えていなかった。細かく足踏みをし、視界が暗くなりそうだと思うと、しゃがみこんだ。

五、六台のハイヤーが走り去ったあとだった。車寄せに、白ナンバーのプレジデントが滑りこんできた。運転手。見たことがある。ワゴンを運転していた、五人目の男。間違いはなかった。

車から二十メートルほどのところまで、私は近づいていった。

全身がひきしまった。心が悲鳴をあげている。なにをしようとしているのか。誰かが問いかけている。押し殺した。眼をつぶってもやらなければならないこと。そんなことが人生にはあると、この歳になってわかってきた。いや、やらなければならないと、思いこめるようになったということか。

待った。来る。そう思い続けながら、待った。長い時間だ。ほんの数分。いや数十秒かもしれない。それでも長い。耐え難くなるほど長い。

額に汗が滲み出してきた。背中は、とうに濡れている。躰のどこかに力を入れていないと、膝が笑い出しそうになる。

これで、前へ出ていけるのか。ちゃんと立っていられるのか。

プレジデントの運転席から、男が降りてきた。すべて、忘れた。心が白くなった。気づいた時、私は歩いていた。

アスファルトを踏みしめる。自分が歩いていく靴の音。けものの歩いていく音。心が白くなった。プレジデントのドアを開けていた男が、私の姿に気づいて立ち竦《すく》んだ。背後でクラクションが鳴った。鳴り続けていた。

玄関から出てきた男。それを庇《かば》うように、運転手が前へ出てくる。

跳んだ。アスファルトから跳んだ。同時、ほかのなにか、私がいた温い時間の中からも、跳んだ。数メートル。すべての動きが、ひどくゆっくりとしたものに見えた。

運転手が、匕首を抜き、鞘《さや》を私に投げつけた。白い光。くぐれるのか。横に薙《な》いできた。気にしなかった。匕首に躰をぶっつけていく。叫び。喚《わめ》き。男。新田英明。口を開いていた。躰。そこにある。横から衝撃がきた。私のナイフは、柄のところまで、新田の脇腹に突き刺さっていた。狂った。横からぶつかられた分だけ、私の手もとは狂っていた。引き抜く。血が迸《ほとばし》る。肚《はら》の底から、私は叫び声をあげた。もう一度、ナイフが新田の躰に吸いこまれていった。呻き。背中の衝撃。抜いた。新田のワイシャツの胸に、赤いしみが拡がっていく。それは見えた。それだけだった。

クラクションが、まだ鳴り続けている。錯覚なのか。耳を殴られたからだ。ふと思った。すでに、倒れてしまっているようだ。それもよくはわからない。なにか、液体の上にいるような気がするだけだ。ただの液体ではない。海。海に躰が浮いている。両手が、確かに海水の中にあった。力を抜け。抜いていれば、いつまでも浮いていることはできる。

心は、相変らず白かった。どこへ流されていくのか。どこでもいい。人には、流れつく場所が必ずあるものだ。

短かったのか。四十八年だった、となんとなく考えた。死ぬとは思っていなかった。死ぬはずはない。なぜ、四十八年が短かったと考えたりするのか。

好きに、生きてきた。これからもそうだ。

人の声が聞えたような気がした。錯覚だ。間違いはない。海に漂っているのは、私ひとりだけだ。なにも見えはしない。聞えもしない。いや、波の音。

やりたいようにやった。しばらく眠って、また山に帰ればいい。海から山へは、遠いかもしれない。いやになるほど、遠いかもしれない。それでも、やることはできたことになる。山へ帰る。しかし、休んでからだ。ほんの少しでいい。この躰を、休ませてやってからだ。

いろんなことを、考えたような気がした。なにも考えていない、とも思った。すべてが面倒になった。惚れた女がいなかった。作ろうとしなかった。代りに、馬鹿な友だちが、人並み以上の惚れ方をした。二人合わせて二で割ると、人並みということだ。

すべてが面倒になってきた。眠れる。なにもかも放り出したくなった時、私はいつも必ず眠れるのだ。

ほんとうに、眠りがやってきた。気持よく眠れそうだ。夢も見はしないだろう。

全身から力が抜けていく。その感じも、すでに遠くなっていた。

5

朝。光。

誰かが、私を起こそうとしている。

眼を開いた。朝などではない。夜でもない。時間がないような、おかしな場所だ。こんなものだろう。呟いた。なにがこんなものなのか、わかってはいない。ただ、すべてを、こんなものだろうと思って生きてきた。

生きているのか、私は。

しっかりと、眼を見開いた。やはり、朝ではない。夜でもない。部屋の中。間違いないはずだ。見えているのは、白い天井だった。

「川田さん」

広介の声が聞えた。

「気がついたみたいだな。まったく悪運の強い人だよ」

死んではいない。それはそれでよかった。生きていて、流れ着くところもある。私はもう、それを受け入れればいいだけだ。

「川田」

「おう、喋れますね、森田さん」

「飲んでるのか？」

「いや、やめましたよ」

「嘘をつけ」

「三日も眠ってて、眼醒めの挨拶《あいさつ》が、嘘つき呼ばわりはないでしょう」

三日。漂い続けて行き着いたところが、ここというわけか。点滴の針を引き抜いて、病院を抜け出した。それがまた、腕に点滴の針を刺されているようだ。

人生ってのは、こんなもんか。呟いた。広介にも川田にも聞えなかったようだ。

「新田もね、一命をとりとめましたよ。三ヵ月はかかりそうですがね。大津氏の殺人については、捜査は新しい段階に入っています。まあ、そういうところです」

殺せなかった。それは仕方がない。やろうと思ったことを、思う通りにやった。

「病院から連絡があって、森田さんが脱走したというでしょう。もう、新田のとこしかないと思って、突っ走った。間一髪で間に合わなかった。こんな時、間一髪なんて言葉は使いませんかね。クラクションを鳴らしたんだけど、森田さん、行っちまいましたよ」

鳴り続けていたクラクション。かすかに憶えている。

「刑事事件になりますからね。回復したら、警察へ行っていただきます。無罪ってわけにはいきませんよ。しかし、執行猶予はとれる。さきに刃物を出したのは、新田の運転手でしたしね。その目撃者は、何人もいる」

「いいんだよ。私はどこへでも行く」

「無理ですね。なにしろ、弁護士が俺だから」

「広介も、見たのか？」

「ぼくも、見たよ。しっかりと見た」

「俺は、ああするしかなかった。おまえのことを忘れ、大津のことだけを考えたらな。おまえは、もう大丈夫さ」

「わかったような気がした。おじさんが、なぜあれをやったか」

「忘れろ」

「ぼくは、忘れない」

「おまえ、またぼくに戻したのか？」

「大人になりたかった。だから俺なんて言ってみた。でもいまは、大人になりたくないという気分なんだ」

眠くなった。ここを抜け出す前と違うのは、躰が動かないことだ。胸から腹にかけて、覆いのようなものがかぶせられている。

「終りだよ。終りのはずだ」

「薪が残ってるよ、おじさん。一日五本として、おじさんの分だけでもかなりの量だよ。そこに、ぼくの分も入る」

「おまえが、勝手に燃やせ。気に入ったのなら、あの小屋はおまえにやるよ」

「あそこで待ってる。薪の燃やし方は、おじさんでなきゃ駄目だ。ぼくはただ、燃やしてしまうだけだから」

「そんなに待つ必要もない。森田さんは、すぐ帰ってくるよ」

「川田。ほんとに、終ってないのか」

「そういうことです」

「終りにするつもりだったよ」

私は眼を閉じた。もう一度開けることは、とてもできそうにない、と思った。

耳のそばで、なにかが唸っている。いや、耳の中なのか。なにも、終らせることはできなかった。四十八年間、なにも終らせずに生きてきた。そのくせ、失ったものは数えきれないほどある。

「広介。空気の流れる道というやつがある。それが見えるようになったら、焚火もうまくなるんだよ」

「練習しておくよ」

「すっと立ってる木が、よくあるだろう。やたらに枝を拡げずにな」

もう一度、力をふりしぼって私は眼を開いた。

「炎というのは、あんなかたちがいいんだ」

「わかった」

「ほかに、教えてやれることは、なにもないな」

「いろいろ、教えて貰った。憶えきれないくらいにね」

広介が笑った。

「ぼくも、ひとつだけ教えられる。そんな簡単には終らない。人生には、そんな簡単に終ることは、多分あまりないよ」

「生意気を言うな」

私は眼を閉じた。確かに、思ったほど簡単には終らない。

「帰ってろ、小僧。山の中へ帰ってろ」

「そうするよ」

二人は、すぐには出ていかなかった。二人に見守られながら、眠るということになりそうだ。

それも、悪くなかった。


（本作品はフィクションであり、実在の個人・団体などとは一切関係がありません）

この作品は1989年1月講談社より刊行されました。

徳間文庫をお楽しみいただけましたでしょうか。どうぞご意見・ご感想をお寄せ下さい。
宛先は、〒105-8055　東京都港区芝大門2-2-1　㈱徳間書店「文庫読者係」です。

徳間文庫

火《か》焰《えん》樹《じゅ》

2005年2月15日 初刷

著者 北《きた》方《かた》謙《けん》三《ぞう》

発行者 松《まつ》下《した》武《たけ》義《よし》

東京都港区芝大門二―二―二 〒105―8055

発行所 株式会社 徳間書店

電話 編集部〇三(五四〇三)四三五〇
販売部〇三(五四〇三)四三二四

振替 〇〇一四〇―〇―四四三九二

印刷 株式会社 廣済堂

製本 株式会社 宮本製本所

〈編集担当 村山昌子〉

ISBN4-19-892195-4 (乱丁、落丁本はお取りかえいたします)

徳間書店

天山を越えて　胡桃沢耕史
情炎つきるまで　胡桃沢耕史
ヒネモス・のたり氏は名探偵　胡桃沢耕史
ごきぶり商事痛快譚《全五冊》　胡桃沢耕史
夕日よ止まれ　胡桃沢耕史
太陽の忍者　胡桃沢耕史
すかたん奉行　胡桃沢耕史
CURE［キュア］　黒沢　清
回路　黒沢　清
タイム・アフター・タイム　軒上　泊
小説　天皇裕仁　小泉　譲
千年の森　河野修一郎
仕手相場　こずかた治
裏金市場　こずかた治
会社清算　こずかた治
倒産方程式　こずかた治
不渡手形　こずかた治
悪のマルチ商法　こずかた治
破産宣告　こずかた治

保証人　こずかた治
腐肉漁り　今　東光
河内カルメン　今　東光
河内ぞろ　今　東光
愛染地獄《上下》　今　東光
弓削道鏡　今　東光
武蔵坊辨慶《全四冊》　今　東光
北斎秘画　今　東光
太平記《全四冊》　今　東光
蒼き蝦夷の血《全四冊》　今　東光
恋太郎、危機一発　斎藤　純
左遷　咲村　観
人事課長の憂鬱　咲村　観
三等管理職　咲村　観
重役奮闘日誌　咲村　観
させてあげるわ…　櫻木　充
いけないコトする？　櫻木　充
鉄騎兵、跳んだ　佐々木譲
死の色の封印　佐々木譲

白い殺戮者　佐々木譲
ネプチューンの迷宮　佐々木譲
頭取を罠にかけろ　笹子勝哉
銀行不正融資　笹子勝哉
銀行総務部　笹子勝哉
目標、砲戦距離四万！　佐藤大輔
戦艦大和夜襲命令　佐藤大輔
レッドサン ブラッククロス1～7　佐藤大輔
東京の優しい掟　佐藤大輔
戦艦ヒンデンブルグの最期　佐藤大輔
爆撃目標、伯林！　佐藤大輔
フリードリヒ大王最後の勝利　佐藤大輔
真珠湾の暁　佐藤大輔
征途《全三冊》　佐藤大輔
侵攻作戦パシフィック・ストーム1　佐藤大輔
極道記者　塩崎利雄
大誤診　志賀　貢
愛情感染　志賀　貢
誤診カルテ　志賀　貢